KB193917

다시 한판 붙자

강병철

지금은 간척지가 된 서해안 바닷가에서 태어났으며 열세 살부터 서울 유학 생활을 시작했다. 시집으로『유년일기』『하이에나는 썩은 고기를 찾는다』『꽃이 눈물이다』『호모중딩사피엔스』『사랑해요 바보몽땅』등을 발간하고 소설집『비늘눈』『엄마의 장롱』『초뼁이는 죽었다』『나팔꽃』그리고 성장소설로『닭니』『꽃 피는 부지깽이』『토메이토와 포테이토』산문집으로『선생님 울지 마세요』『쓰몽 선생의 좌충우돌기』『선생님이 먼저 때렸는데요』『우리들의 일그러진 성적표』『작가의 객석』『어머니의 밥상』등을 발간했다. 교육산문집『넌, 아름다운 나비야』『난, 너의 바람이고 싶어』『괜찮다, 괜찮다, 괜찮다』등을 편집했으며 '2001-2010년'까지 청소년 잡지『미루』의 발행인으로 임했다.
지금은 36년 국어교사 생활을 정년퇴임한 후 폭풍 집필 중이다.

다시 한판 붙자

초판 인쇄 / 2022년 9월 19일
초판 발행 / 2022년 9월 23일
지은이 / 강병철
펴낸곳 / 도서출판 말벗
펴낸이 / 박관홍
등록번호 / 제 2011-16호
주소 / 서울 영등포구 문래로4길 4 현대상가 204호
전화 / 02)774-5600
팩스 / 02)720-7500
메일 / mal-but@naver.com
ISBN 979-11-88286-31-7 03810

www.malbut.co.kr
ⓒ 강병철
* 본서는 저작자의 지적 재산으로서 무단 전재와 복제를 금합니다.

나림시인선 06

다시 한판 붙자

강병철 시인

『다시 한 판 붙자』로 세상을 벼리며

서해안 바닷가에서 유년을 보냈다. 떡갈나무 언덕을 넘자마자 푸른 물결과 개펄이 번갈아 나타나던 그 자리이다. 새우젓 배 타는 어부들은 드물었고 대부분 고샅에 허리 굽힌 채 농사를 짓던 그 마을이다. 나는 백사장에서 씨름판 벌이던 벗들이 오구르르 떠나면 혼자 남아 수평선 너머를 바라보며 저물녘까지 먹하니 앉아있었다. 그리고 건너편 격렬비열도 어디쯤에서 맞은편 소년을 바라보는 또 다른 눈동자를 떠올리곤 했다.

6학년 어느 초가을, 아버지가 나를 부르더니 서울행 완행버스에 몸을 밀었다. 그 후 청파동 후미진 골목에서 셋방 사는 서울 유학생으로 변신하면서 모든 시스템이 바뀌어버렸다. 야간중학교에 다니면서 강박증이 더욱 깊어졌다. 배가 고팠다. 연탄불이 꺼지면 무조건 굶었고 올빼미 수업이 끝나면 종로구 수송동에서 용산구 원효로까지 도시의 밤길을 걸었다. 3년 동안 키가 딱 7센티만 크는 더딘 사춘기에 날마다 적돌만 저녁노을을 떠올린 것 같다.

그 아스라한 사연들을 정리한 것이다. 공납금이 없어서

5

중학교에 못 가던 벗들, 노름판에서 논문서 날린 아버지들, 밤바다 해루질에서 귀신 흉내 내던 형님들, 저수지에 뛰어들고도 오래도록 아리랑 사진관 통유리 너머 화사하게 웃던 누이의 얼굴까지 모두 신산의 스토리이다. 그 유년을 떠올리면 지금도 심장에서 경운기 엔진소리가 쿵,쿵,쿵 들리는 것 같다.

그 후 열한 명의 대통령이 바뀌었으니 세월의 빛의 속도이다. 한때 열혈 청년으로 아스팔트 한복판에 서서 깃발을 올리기도 했으나 시나브로 등이 굽고 잇몸이 무너졌다. 어느새 인생의 시계추로 밤 아홉 시 언저리이니 이제 곧 배추 뿌리 뽑아낸 자리마다 억새꽃 하얗게 날리는 계절이 오리라.

그 와중에 글을 쓰는 시간이 자존을 높이는 도정이었다. 지난봄, 담양 〈글을 낳는 집〉 앞에서 벚꽃 사태만 바라보다가 남해안 진도 〈시에 그린〉 앞바다로 옮겨 조개잡이에 빠지기도 했다.

지금은 강원도 횡성의 〈예버덩〉 푸른 벌판에 망망 몰입되는 중이다. '이렇게 태평하게 살아도 과연 괜찮은 것일까?' 그런 자책감을 무릅쓰고 시집 『다시 한 판 붙자』를 세상에 선보인다. 나의 언어들이 숲속의 나무보다 따뜻한 평가가 되기를 간절히 바라며.

2022년 늦은 여름 강병철 모심

차례

1부
가슴둘레 검사

민들레

막둥이 낳고
사흘 만에 호미 든 엄니
바람 안고 오르던
갯바위 돌밭
광주리 쏟으며 내려앉았네
짝짓던 종달새
울음소리에 모락모락
솜털처럼 일어나
아궁이 밥솥 지피데
봄맞이 피어나는
앉은뱅이 노란 꽃
머리 털며 또 수다 떠네

대통령 후보 벽보가

　사랑방 마루에 붙은 후보 사진은 일곱 장이지만 2번 윤보
선과 5번 박정희가 맞상대라고 물꼬 트던 행구 아재비가 훈
수 두다가

　누가 될 것 같으니? 빙철아

　삽자루 찍던 어깨 너머 몰려오던 저녁놀이 땡감나무 그
늘까지 냉큼 잡아먹었다 선글라스 장군 출신 그 남자가 국
수라도 배불리 먹게 해줬다는 이장님 떠올리며

　박정희……?

　그러다가 설레설레 흔들며

　저, 빙철이 아니구 병철인디유

　병 처리한다구? 엿장수헌티 가그라 음하하

　아재비네 그 아들 짱구 박사 쌍둥이 형제 소행이 틀림없
다 찔레꽃 여린 순으로 공복 채워도 여전히 심심해지자 마
루에 깡충깡충 뛰어올라 당선될 후보 입술 찢거나 라이벌
후보의 눈동자 못으로 콕콕 쑤시다가 키득키득 구슬치기에
빠져 있다

첫사랑

코 밑 솜털도 안 난 열두 살 소년
자전거 체인 사이에 가랑이 끼운 채
내리막 언덕길 페달 씽씽 밟다가

양조장 술심부름 가는 동급생 순자
가는 허리 낭창낭창 뒷모습에
숨이 콱 막혀 따르릉따르릉
헛바퀴 돌리다가 삐끗했는데

장하다 돌부리에 걸린 소녀
고꾸라지면서도 주전자 팔뚝 번쩍 올렸으니
막걸리 한 방울 흘리지 않았다

사내아이 혼자 데굴데굴 뒹굴다가
가랑이 사이로 소녀 종아리만 재빨리 훔치다가
봄 햇살에 찍혀 뜨거워진

지느러미 재빨리 숨겼다 후끈 달아오르는
경운기 심장은 더 깊이 감췄다

생강나무

동갑내기 일가붙이 어스름 밤마실
즈이끼리 사랑방 새워도 그런가 부다

부엉이 눈감으니 수긍수긍 뒹굴다가
일을 저지른 거여

대처로 간 사내는 감감무소식
아랫배 부풀어도 소식 없으니

누이는 허리춤에 돌멩이 매달고
저수지 물수제비로 풍덩 감추고

봄마다 울멍울멍 노란 빛으로
기어코 번지는가 누나, 누나야

가슴둘레 검사

저학년 때는 스승 앞에 빤쓰 바람으로 옹송옹송 줄을 서던 계집아이들, 열 살이 넘어서자 앙가슴 키득키득 가리면서 불쑥불쑥 성숙한 거다 드디어 5학년 신체검사, 젖 몽우리도 드문드문 서면서 양쪽 어깨 바싹 오므리며 맨살로 흐느끼면, 주근깨 담임 왈

정확히 측정해야 하는디
갸웃갸웃 설득하다가
젖 없는디
비싯비싯 웃다가

죽어도 못 벗유 펑펑펑 저항 끝에 메리야쓰 측정으로 합의를 보았던가 뽕나무에 매달린 사내아이들 대롱대롱 훔쳐보다가 해우소 똥 덩어리처럼 퐁당 떨어지기도 했단다 신체검사 끝낸 중년의 담임님 서랍 속에 줄자 챙기더니 배구대회를 위해 팔뚝에 신신파스 붙이던 가을날이다

시집가던 날 그리고

저, 남자란다
옆구리 찌르는 행구 엄마 손길 따라
점방 문 너머 훔쳐보았다
매부리코에 황소 눈
어깨 넓은 열한 살 연상 사내에 홀려

꽃가마 탄 열여덟 색시
꼬불꼬불 언덕길 지나 생강밭 지나
안마당 포장 아래 새초롬이 기다리니
대장부 신랑 저벅저벅 들어서는데

아뿔싸, 가랑이 한 짝씩 달라붙은
서너 살 지지배 하나 더 어린 머스마까지
아부지 장가 간다아 연지곤지
색시도 예쁘다 폴짝폴짝 뛰는데

차마 도망치지 못했네
뒤웅박 팔자의 여자 되어

배 다른 남매 키우던 식민지 그해 또 배가 부르고
쌍둥이 낳고, 강산이 대여섯 번 바뀌도록
여섯 자식 또 내리 낳아 도합 열 명
큰손주보다 두 살 적은 막둥이 삼촌은 면서기 되었는데 ,

북망산천 멀다더니
대문 앞이 북망일세

꽃가마 대신 꽃상여 타고
그 내리막 언덕길 꼬불꼬불 가로지르며
저승길 노잣돈 준비하는
그 할매 아흔셋이면 살 만큼 살았다네 호상이라네

돼지 파는 옆에서

네 발 묶인 개량종 햄프셔
지게 작대기 저울로 장정 두 명 매달리니
뱃살 풍광 출렁출렁 기웃대던 코찔찔이 하나
꽤애애애애액
돼지 멱따는 소리에 눈이 홀라당 뒤집혀서

내 아들 죽었다아
아비는 뺨 비비며 우우우 머리 흔들고
콧구멍 빨던 즈이 어미 검불처럼 잦아지는데

먼저 키 씌우고 아낙들 고쟁이 내리구유
쏴쏴 쏟아내던 오줌 소리에 놀란 애기
벌떡 깨어나 살아난당께유

하여, 중년의 여인들 쭈뻣쭈뻣 치마 올리니
두두두두두
오줌발 천둥소리에 놀란 아해 부스스 고개 들더니

으휴, 시끄러워 못 자겠다

둘레둘레 눈 비비다가
새하얀 맨살 바가지 두 짝 만났는데

살아났드아 내 아들
입술이 귀에 걸린 아비의 팔뚝 푸른 핏줄로 솟았는데
좋아라, 어미는 세숫대야 두들기며 춤췄다는데

그 후 소년은 마늘밭 매던 그미들만 보면
엉덩이 두 짝 둥두렷이 떠올라
백화산 노을로 달아오른 두 뺨 감춘 채
남 몰래 고추잠지 여물었다나, 어쨌다나

돼지 돌림병

소심증 조 첨지는 조심성이 많아 전염병 돌자마자 청금산에 묻었으나

그니네 모내기 품앗이꾼들 삽질로 몰래 파내어 죽은 돼지 배 갈라 푸짐한 잔치 한판 벌인 것이다 마지막 돼지 대가리는 봉구 아저씨네 짚누리 깊숙이 감췄는데 아차, 양지편 종덕 씨가 어둠 틈 타 몰래 자기네 선반 위로 빼돌리자 '뛰는 눔 위에 나는 눔 있닷!' 볼멘소리 탱자꽃 울타리 하얗게 흔들었는데

한머리 돼지들 게게게 앓으면서 도미노로 쓰러지니 마을 전체가 몰살할 판이다 사흘째 멈추지 않던 장대비 타고 담뱃집 요크셔 두 마리 또 쓰러지더니 탱자나무 울타리 봉구 씨네 딱 한 마리 남은 토종돼지마저 눈이 허옇게 뒤집혔단다 이제 안마당까지 쳐들어와서 돼지 종자 마르고 사람도 죽을 거라며

면사무소 박 서기도 갓난 돼지 세 마리 바다로 흐르는 하천에 버리고 후두두 도망쳤단다 장대비 뒤끝 홍수 물살 타고 새끼돼지들 모두 서해안 파도로 사라질 참이다 지어미

갑천댁도 *끄덕끄덕* 동조 표시했으나 일곱 살 아들 재학이
가 울며불며 매달리는 바람에 마음이 편치 않아 뜨개질 코
도 자꾸 비켜나는데

거울 앞에서 울던 소년 문풍지 소리에도 숨이 막히는 그
순간, 사립문 두들기는 소음 툿툿툿 귓바퀴 울려서 안마당
에 나갔던 소년 소스라친다 아, 징검다리 건너온 새끼돼지
들 주인집 찾아와 이슬 젖은 눈빛으로 발바닥 더듬더듬 비
비니, 천상 키워야 할 것이다 각오 다지며 '외부인 출입금
지' 새끼줄 치는 중이다

다시 한 판 붙자

한머리 원정 사냥 나온 꿩잡이 동석 씨는 육군 중사 출신이다 딱 벌어진 어깨에 검은 라이방으로 어슬렁어슬렁 등장하면 목화밭 아낙네들 허리 펴는 척 힐끔힐끔 쳐다보는 게 밸이 꼴린 노름꾼 종달 씨, 논두렁 주먹 선배 강 씨 할아버지에게 귀엣말로

선방 칠 테니 내가 밑에 깔리면 성님이 말리는 척 뒤집어 주슝

그 말 뱉자마자 서낭당 앞길 냅다 가로 막았단다 낭심 치기 딱 한방에 읍내에 입원했다는 소문 동네방네 흉흉해서 그제야 난감해진 종달 씨 박카스 한 통 들고 의료원 2층 병문안 갔더니

병상에서도 벗지 않은 선글라스맨 동석 씨

먼저 내민 손바닥도 싸늘하게 뿌리치면서 점입가경, '열흘 뒤에 다시 붙자' 선전포고 날리니 빼도 박도 못한 종달 씨, 새벽마다 평행봉에 매달린 채 근육 만드는 중이다 리턴 매치 이제 닷새 남았다

24

해루질

새우젓 배 사라지는 저 아스라한 밤바다 안개 능선이 내 고향 안면도란다 아들이라곤 나 하나뿐이니 원정 나온 머슴 새경 꼬박꼬박 집에 부쳐야 나머지 식구가 입에 풀칠허 능 거여 너는 좋겠다 아부지가 돈 대주니 상급학교 올라가서 면서기도 하고 선생도 될 수 있고 나중에 사과나무 심어 머슴도 부릴 수 있잖니

저기 뻘밭에 쌓은 돌담이 독살이라는 거여 밀물 따라 헤엄쳐 온 바닷고기들이 썰물 때 놓치면 돌그물에 걸리는 거여 바다가 사람헌티 주는 만큼만 나눠 먹는 거여 푸짐하게 웃으며 숭어 세 마리 구럭에 넣더니, 한 마린 허리 아픈 행구 엄마 몸보신으로 줘야 쓰겄다 그 말에 훗훗한 가슴으로 밤이슬 치는데,

이제야 오닛?
남포등 들고 망부석처럼 기다리던 울 엄니, 서낭당 언덕으로 아들내미 그림자 비치자마자 물뱀 울음 터뜨려서 꺼이꺼이 따라 울던 아홉 살 소년, 밤하늘 바라보니 아득한 별들의 사태 그물처럼 출렁이고 보름달 하나 둥두렷 떠다

닌다 달님도 해님 따라 짝을 맞춰 동에서 서쪽으로 돈다는
불변의 진리도 처음 알았다

　날이 밝자마자 엄니의 노여운 울음소리 까맣게 사라지고
밤바다 안개 싸-한 그리움에만 사무치는 것이다 다시 찬스
만 생기면 형님들 따라 정강이 아래 물살로 비늘 치는 숭어
새끼들 만나고 싶다 야단맞는 건 나중 얘기이다

타이거 파는 날

보리쌀 한 말 물물교환으로 들여온 복슬강아지 '타이거'
는 일본 만화 『타이거마스크』에서 훔쳐온 근육질 청년 이름
그대로 달아준 거다 적돌만 뚝방 치달리면 해당화 붉은 꽃
꺼지지 않는 등불로 빠꼼빠꼼 밝혀 주었는데

들먹들먹 우는 아홉 살 소년
하굣길 보신탕집 춘원옥 입구에 목덜미 잡은 낯익은 짐
승 소리 탓이다 오랏줄에 묶인 채 어린 주인 향해 살랑살랑
꼬리치는 타이거, 그 보신탕 덫에 놀라 이 세상 모든 물상
이 사라져버린 것이다

인정 많은 아부지 돈 물리고 다시 끌고 오겠다며 모샛뜰
지나 신작로 건넜으나 허탕이 되었다 5분 늦은 타이밍 대신
개다리 한 짝 얻어왔다며 멋쩍게 웃는 아비

유월의 가마솥에서 펄펄 끓는 살코기 보며 소년 혼자 거
울 앞에 서서 홀쩍홀쩍 새빨갛게 눈 비비는 것이다 어른들
은 무조건 나쁘다 용서할 수 없다, 벌떡 일어서라며 등허리
떠미는 것이다 복수심 불타는 나쁜 심장으로 낑낑 시달리
던 열한 살이다

안녕, 타이거

로프 반동 회전돌려차기로 백두급 거인들 물리치던 맑은 눈 청년 이름자이다 저물녘이면 고아원 담벼락 너머 선물 꾸러미 던져놓고 익명으로 사라지던 정의의 사도 프로 레슬러 타이거마스크에 홀딱 빠진 유년이 분명히 있었다 양조장에서 끌고 온 흰둥이도 그렇게 이름으로 딱 붙여 놓고 히야홋 벌판마다 뛰고 굴렀다

산토끼도 물어오고 문간 넘던 구렁이 모가지도 물어뜯었으나 씨앗 없는 불임 팔자가 운명이다 서울 유학 간 큰형님 공납금으로 안마당 모과나무도 뽑았는데 보신탕 가격 짭짤하다는 귀동냥에 넘어간 것이다 옥수수 누런 대궁으로 하늘 받치던 잿빛의 오후 그예 목줄 당기며 팔려갔으니

소년 혼자 '울면 안 돼' 소리치며 비탈길 달리지만 저녁밥 짓는 굴뚝마다 시커먼 눈물 토하면서 해골처럼 비쩍비쩍 마르는 것이다 '그 까이꺼' 산타할아버지가 선물을 주든가 말든가 미루나무 붙잡고 꺼이꺼이 우는 중이다

흑염소를 잡으며

양지편 당숙 목줄 당겨도 풀 뜯던 고개 들지 않는다 소금
창고 바람개비로 걸린 황혼의 색소 지천으로 가라앉는데
밧줄 당기던 그 사내, 바짓단에 손바닥 슥슥 문지르다가 '빠
샤' 쇠망치 올리자 노랗고 파란 파편들 번뜩번뜩 터지던 저
물녘

딱 한 방에 쇼부쳐야 한당께
빗나가면 감당 못혀

보리밭에 머리 박은 소년의 등짝으로 밭은 신음 우우우
내려앉는 중이다 여울목에 쓰러진 흑염소 아랫배 가르자
가문비나무 푸른 엽록소 오소소 쏟아져 나오는데

봉선화

수상한 그림자 사립문에 어른거리더니
복자야, 가정방문 왔다
그 소리 듣자마자 뒷간에 숨었다
머리카락 꼭꼭 감춰도 복자야
심장 박동 덜컹덜컹 들린다
인사는 드려야지 스승의 너털웃음
어미 혼자 부지깽이 치며 안절부절 하는데
아랫도리 파고드는 뒷간 향기
견딜 수 있어요 어머니
중학교 입학해야 딸내미 인생 펼친다는
굽은 등 담임의 구구절절 설득
쑥국쑥국 날갯짓 파고드는데
열네 살 우리 복자 졸업장 따면
성북동 솜틀집 식모로 약조되었는데
일곱 동생 습자지도 사주고
추석 때는 종합선물 세트도 가져올 수 있다며
변기통 들여다보며 꺼이꺼이 떨굴 때마다
꽃대궁 흔드는 봉선화 붉은 여름

복자야

울지 마라 복자야, 부지깽이 아무리 쑤셔도
하늘에서 입학금 뚝 떨어지지 않는데
대나무 소리만 서걱대는구나

연년생 금자나 장롱다리 춘자까지
고무신 공장이나 양조장 애보개로 보냈듯
몰래 탁구장 식모로 약속한 비밀은
왕대밭 이파리도 숨소리 감췄단다

느이 아비 밭은기침으로 소금가마 지고
가도 가도 가없는 머슴살이 이십 년
수수깡 팔뚝 휘이휘이 그 어미는
묵정밭 낮달로 붙어있는데

복자야, 진눈깨비 궂은 날 졸업장 받자마자
하필 달거리 만나 더 아픈 일생 예고하는데

차마 그 똥딴지꽃

딸내미는 상급학교 못 보낸다
아비는 차마 그 말 못 꺼내고 한숨만 쉬니

누이 세 자매
큰고모부터 시집 못간 막내고모까지
징검다리 건너 조심조심 밤마실 나와

호롱불로 흔들려 차마 입 못 떼다가
은사시나무 그림자 흔들리는
개다리 밥상만 만지작거리다가
옛다 저질러보자, 큰고모 밭은기침으로

애야, 청계천 피복 공장 미싱에 올라타
살림 밑천 되어라 네가 벌면
고추잠지 사내동생들 가르칠 수 있단다
여자 팔자 들이밀며 종용했으나

소녀는 고개 뙤똑 들며, 야무지게

나는요, 빨간 머리에 깨소금 터지는 주근깨
백화점 점원이나 은행원도 떨어져요
고등학교 간판 따고 홀로서기로
공무원 시험 치고 교대도 갈 거라구요

마음 약한 고모들
더 이상 벙긋 못하고 치마끈 만지면
손바닥 비비며 방바닥만 문지르면
깊은 한숨 피어나던 뚱딴지 노란 꽃

얼레리꼴레리

윤기윤 선생님은 거꾸로 불러도 윤기윤이다 방앗간 셋째
딸 정미정과 옴팡집 일곱째 문정문처럼 전교에서 딱 세 명
이 앞뒤 대칭 이름자이다 진둠벙 고목나무 밤이슬 치던 날
스승의 그림자 노라실 옴팡집 고향다방 투전판에서 새도록
화투패 때리더라고 나팔수 문정문이 쪼쪼쪼 소문내었는데

가슴에 논문서 품은 투전판으로 부엉이가 울고 여울도
울었으니 이튿날 1교시는 무조건 자습이닷 칠판에 동아전
과 베껴 쓴 스승님 교탁에 고개 박고 늪 같은 숙면에 빠지
므로 나머지는 우리들 세상이다 푸하하 임창의 『땡이』 만화
돌려보다가 오줌 누러 가는 척 철봉대에 매달렸다가 종 칠
때 돌아오자 시간이야 어떻든 나는 모른다

배구 시합 때마다 강스파이크 꽂아대던 스승의 손바닥이
우리들의 싸대기로 번뜩이기도 했다 솥뚜껑 파찰음에 빨갛
게 달아오른 아홉 살 볼을 호오호 비벼대며 종례 때까지 구
구단 돌파하려 안간힘이니 뻐꾹뻐꾹 여름 와도 외운 만큼
똑똑해지지 않는다 '파리파리 곰배파리 실룩실룩 구구는 닭
모이 꼬꼬대꼬'* 키도 크고 잠지만 영글었다

* 정낙추 시집에서 인용

34

대처에서 날아온 한기한, 백설기처럼 새하얀 소년 하나 전학 오면서 거꾸로 똑같은 이름자가 네 명으로 늘었던 그해 유월은 밤꽃 냄새 지천이다 기러기, 기울기, 기름기, 기중기, 다시다, 다치다, 다하다, 다투다, 다물다, 자지 만지자, 자지만 또 만지자까지 죄다 삼쌍둥이다 얼레리꼴레리 정미정과 한기한 거꾸로도 같은 이름자끼리 보리밭에서 뽀뽀했다고 담벼락 소문 천지다

천장에 꽂힌 화투

투전판 타짜들의 당재골 마지막 승부이다 논문서 내민 들창코 아재비 또 싹쓰리 당했으니 나머지 재산 통째로 던질 판이다 그런데 앗, 수상하다 맞은편 전문 노름꾼 개장수 손바닥 사이로 동양화 한 조각 스윽 감추는 그림자 눈에 들어오는 찰나

이놈 멈춰라
송곳으로 찍으니 피가 분수처럼 솟구친다 그러나 텅 빈 손바닥 뒤집으며 피범벅이니 아차, 헛것을 보았구나 가슴에 품은 논문서 내주면서 판을 또이또이 마감시켰다 원정 노름꾼들은 오토바이 타고 시불시불 밤길 떠나고

그니 혼자 멍하니 누워 있는데
바닥에 뚝뚝 떨어지는 핏방울, 천장 정면으로 꽂힌 화투패 한 장에서 둥실둥실 핏물 범벅이다 그 노름꾼 선수 송곳에 찍히기 직전 그 화투패 하나만 천장에 표창처럼 꽂아놓는 솜씨라니

돌아온 외팔이

추풍낙엽처럼 쓰러지는 검은 무리들, 구경꾼들 손바닥 발바닥 죄다 모으며 조마조마 응원중이다 그 순간 칼자국 사내 하나 검객의 등 뒤로 독화살 노리는 장면 포착되었으므로 심장 누르는 찰나 쓰러지는 외톨이 무사 아, 죽었다

비 내리는 스크린은 때까치 울음으로 사라지는데 어렵쇼, 조심조심 숨죽이던 관중들 느리게 더 천천히 일어서는 검객 만나며 아, 일제히 탄성 내지른다. 화살 맞은 왼쪽은 나무로 만든 팔이므로 과녁처럼 꽂혔을 뿐이다 태연자약 몸을 일으키니

17 대 1의 대결 승리자인 외팔이 검객 만만세다 내년에 들어온다는 『맹인 검객』도 천막극장 앞자리 찾아 본전 뽑으리라 정의를 위해 목숨도 바칠 것이다

뛸 거여 말 거여

비 개인 개펄 걷던 소년 저 멀리 쌍둥 깎인 절벽 바라보던 길동무에게
백만 원 준다며 저그서 뛰라면 워쩔 텨?

동무는 호리의 거침없이
당근 뛰징 '아부지, 지가 번 거유' 들여놓구 훌러덩 뛰어내릴 겨
겁쟁이 소년 두근두근 표정으로 동무를 바라보며
오십만 원이먼?
오만 원만 줘두 당장 뛴당께

다가설수록 빌딩처럼 까마득한 절벽 끝이 보이지 않은 채 황톳물만 핏줄기처럼 줄줄 쏟아지는데, 동무가 먼저
취소여 자신이 읎어진당
그 한 마디에 소년은 하아하아 숨 내뿜으며 망둥이 한 마리 슬쩍 넣어주었다 아무 일도 없었다

적돌만에서

초록빛 바다로 떠난 옥이 이모는 열아홉 먹머루 눈망울 그대로 하늘나라 넝쿨장미 순 다듬고 있단다 새우젓 배 똑딱선 탔다가 저무는 낙조로 돌아온 복구 아재도 잠시 후 구름 나라 원두막에서 조우할 참이란다 네가 서 있는 적돌만 그 자리가 넘실대는 그리움 되니 천상의 이웃들 모두 한 울타리구나

고즈넉한 바닷가로 포크레인 쳐들어오던 그해였던가 조류 물살 거센 마지막 빈 틈새에 고장 난 배 한 척 끼워놓고 흙덩이 메우더니 간월도 점령군으로 바둑판 경작지로 변신한 지 수십 년 되었구나 저 간척지 벌판으로 누군가 초록빛 보자기 뒤집어씌운 게 틀림없는 그 자리로 헬리콥터 프로펠러 농약 폭탄 내리붓는데

장마철에 놓친 검정고무신 한 짝 아직도 안면도 방파제에 걸려 삭고 있으니 세상살이 모두 손바닥 위에 둥둥 떠 있는 거란다 안마당 개다리소반에 호박젖국 한 상 차려내니 따뜻하구나 달 뜨기 전에 감자 씨 뿌려야 한단다

갈마리 가는 길

사이좋게 놀던 연년생 예닐곱 형제, 놀부 심뽀 헛바닥 내밀 때마다 살쾡이처럼 얽혀 싸우니 아홉 살 누이 꺼이꺼이 뜯어말려도 당최 방법이 없었다 동생부터 냅다 두들겨 패던 아비도 끝내 말리지 못하다가 이듬해 큰아들부터 일곱 살 이른 나이에 입학시켜 말짱히 의좋은 형제로 변신되었다 '헹아, 댕겨와' 아침마다 갈마리 하천까지 빠이빠이 흔들더니

아궁이 바깥으로 튀어나오는 보리튀밥, 작은놈부터 주워 먹으면 소여물 가마솥 뚜껑 부글부글 숨을 뿜었다 눈동자로 튄 보리꺼럭 하나 손등으로 비벼댈수록 새빨간 실핏줄로 더 깊이 파고드니 장님이라도 될 판인가? 그날 밤 꿈속에서 요강에 오줌 눈 게 확실한데 깨어보니 아차, 물바다 담요 질펀하던 늦여름 새벽이다

뻐꾹새 울면 마른 가뭄이란다 초여름 다가오도록 빗방울 하나 보이지 않으니 얼마나 사무친 기다림을 만드느냐 새로 온 면장이 세웠다는 시멘트 다리 위로 저녁놀 받던 양지편 악동들 '불놀이닷! 저것 봐' 함성으로 저무는 제방 치달

리는 중이다 마른 하천마다 조약돌 묻어놓고 기다리고 기
다려도 빨래비누로 변신하지 않던 유년의 사연이다

달맞이꽃

꽃가마 탄 지 열두 해 넘도록 아기 씨앗 틔우지 못하니 방 앗간 그니가 새로 들인 세컨드 여자는 스무 살 꽃띠, 오토 바이 뒤에 태우고 신작로 다녀오는 엔진 소리 들리면 조강 지처 그미 혼자 마늘밭 매던 호미 던지고 신방 차린 지아비 밥상 차려 사랑마루 건너는데

된장찌개 투가리에 천수만 참조개 아가리 딱딱 벌렸다 쟁반 들고 오르다 아차, 시끈대는 신음소리 놓친 채 문고리 열었더니 어느새 칭칭 똬리 튼 구렁이 두 마리 아주 잠깐 정지화면으로 멈춘 것이다 이불 속으로 알몸 숨기는 젊은 색시, 그 순간 두 여자의 지아비가 본댁 그미에게만 홍두깨 한 방 던졌는데

뒷걸음친 그미, 비릿한 살냄새 오랜만에 떠올리며 우물 가 두레박 당기면서 더운 몸 식히는 중이다 흰 빨래는 희게 빨고 검은 빨래 검게 빨아 빨랫줄에 훌훌 널면 고샅 넘은 땅거미 추녀 밑으로 노랗게 일어서는 달맞이꽃 만나 이제 야 독수공방 몸 눕히니 썩은새 같은 어둠이 하염없이 편해 지는 것이다

쥐잡기

시궁창 더듬던 들쥐 떼들 칼바람 피해 천장 위로 오그르르 이동하는 겨울밤 소동이다 금이 간 천장 스멀스멀 넓어지더니 웬걸, 퐁당 떨어진 시궁쥐 하나 재빠른 뒤집기로 벽과 장롱 틈새 숨은 그림으로 잠적하자

자루 하나 가져오랑께, 언능
빨랫방망이 두두두두 두들기며 몰아가는 아비의 눈망울 남포등처럼 반짝반짝 빛이 난다 쫓고 쫓기는 그물망 승부, 십 분 만에 종이 쳤으니

들어갔드아
자루 끄트머리 여기저기 불쑥불쑥 숏구치던 쥐새끼 한 마리 안마당에 패대기치면서 단발마 사태로 사위는 고요하게 마감되었다 퇴비장에 시궁쥐 쏟아낸 쌀자루 빨아서 고구마 쟁여놓고 해 짧은 겨울 넘겼다 재건시대 달력이 넘어가던 섣달 생일 억울한 여덟 살 1963년 춘삼월에 1학년이 되었다

유월 장마

샘물 한 바가지 푸우푸 물보라 뿌리자 안마당은 안개나
라 뿌연 세상이 되었다 배롱나무 뒤로 아슴아슴 떠오르던
무지개 사다리 미끄럼에 빠지고 싶던 그 찰나 중천의 먹장
구름 한 방울 슬쩍 떨어지더니, 대번에

철사처럼 굵어진 그 빗줄기 사나흘 그치지 않았다 바깥
마당으로 나온 지렁이들 몸 불리는 그 위로 오줌발 뿌리다
가 미루나무 하나 느린 화면처럼 쓰러지는 사태 고스란히
보았다 이런 날은 사카린 단물 한 그릇에 팅팅 불린 배식
건빵 삼키는 맛이 최곤데

아홉 살 누이가 씹다 넘긴 껌, 나도 딱 열 번만 씹고 다시
기둥에 붙여 놔야지 장맛비 길어지면서 사금파리처럼 딱딱
해진 그 놈, 아끼고 아껴가며 보름쯤 더 씹을 참이다 손바
닥에 비빈 밀기울은 얼얼하게 씹어도 껌이 되지 않는데

가죽나무 뒤란에서 비료 부대 쓴 채 오줌 누던 문자 누나
달덩이 만난 수상한 초저녁이다 빗줄기 거세질 때마다 엉
덩이 두 짝으로 떠오르던 그미는 여름방학 끝나자마자 방
앗간 사장네 후취자리로 시집갔는데

동백꽃

그림자 걷힌 자리마다 봄 햇살 오소소 쏟아졌다
겨우내 칼바람 견디던 절벽의 위용
꿈틀꿈틀 운동화 끈 조이더니
붉은 입술 되살릴 채비로 봄맞이 선전포고
기총소사 드디어 준비 완료다

옷 벗던 소년은 지금

헌병대 출신 담임님이 구구단 검사 중 '삼육십팔'에서 막힌 승길이만 불러내어 책상 위에 올려 세우더니, 논은 몇 마지기야? 읎슈, 오티게 먹고 사니? 품 팔아먹구 살유, 두어 마디 묻다가, '빨개 벗엇' 서늘하게 지시했는데

이상하다 석고처럼 움직이지 않는 구구단 바보의 심보, 이해할 수 없는 것이다 그래봤자 대치 상황은 2분이 넘지 못했으니, '경찰 부른다'는 비장의 카드에 아랫도리 고무줄로 움직이는 손길 얼핏 정지화면처럼 긴장되면서

허리 아래로 느릿느릿 내려가는 홑바지 맨살에 꼴깍 신음도 삼켰다 하여, 번데기만한 고추가 드러나면서 악동들 모두 배꼽 뒤집는 찰나 '우아아아앙' 굉음으로 가슴 시린 것이다 그랬다 저무는 운동장에서 철봉대 붙잡고 후엉후엉 터뜨리는 서러운 울음 진하게 만난 날인데

먼 훗날 그는 탱크처럼 그릉그릉 포크레인 모는 중장비 기사 되었다 스승님 혼자 요양병원 수수깡 팔뚝으로 마른 비듬 떨구던 늦가을 어느 날에 복숭아 한 박스 보내었다며 막걸리 따르는 그의 팔뚝이 무쇠처럼 튼튼하다

2부
아부지 꿈

김현송 여사의 이력

소학교 졸업반 열네 살 김 양, 군청 서기로 입(入)했으니 한머리 최고의 사단이다 동무들 모두 댕기머리 올리고 비녀 꽂을 때 그미 혼자 파마머리 시도한 것이다 15센티 오르는 치마 아래 하얀 발목 드러내니 신여성 패션 화사한 차림새였으나 신작로 사내들 아예 접근 못하는 스물둘 과년한 처녀로 세월 죽이는데

소도시 차부 옆댕이 오꼬시 가게의 단맛 다신 게 이유였다 가겟방 작달막한 아저씨가 힐끔대는 이유 도대체 모르는데
'동생이 소학교 선생인디, 워디 만나 볼튜?'
그 한마디에 회오리처럼 빨려든 게 운명이다 세 살 많은 사내는 까무잡잡 단추 구멍 눈으로 6학년 때 전교회장 출신이었는데

대동아전쟁 폭탄 지옥 벗어났던 그 사내, 두만강 철교로 쏟아지는 화염 피해 함경북도 최북단 온성 국경선 넘는 탈영병 되었다가 해방을 맞이했단다 아, 이제 늙은 모친 모시고 알콩달콩 둥지로 살아가야지 그렇게 소학교 스승 되어

그미와의 그림자 밟기로 갸웃대는 찰나

　아홉 살 남동생 옆구리 찌르며
'누나야, 코주부 선생한테 시집가지 마 술고래야'
소매 끝 잡거나 말거나 꽃가마 탔으니

　아즈버니 상처(喪妻)로 두 조카 데려왔더니 웬걸, 나머지
피붙이들 고구마 뿌리로 끌려와 방 한 칸씩 차지하니 총합
열일곱 식솔까지 팅팅 불어났다 농투성이 된 그미는 밭 매
고 돼지 밥 주느라 등허리에 콩이 튀는 세월 보내더니

　지금은 요양병원 15개월 차 아흔네 살 그 밤꽃 피는 유월
이다 통유리 건너편 핸드폰으로 연신 무슨 말인가 던지고
싶은데 달라붙은 눈꺼풀 떨어지지 않는다 벙어리장갑으로
묶여 생존만 이어가는 모친 보며 '만남보다 석별이 더 힘들
다'며 유리창 비빈다

구십삼 세

몰락한 천석꾼 맏딸인 '눈이 큰 소녀' 스토리이다 학예회 무용 발표로 우쭐댔으나 달리기만큼은 꼴찌여서 운동회가 무서웠단다 군청 서기로 취직 후 신작로 최초로 자전거에 도전하며 서울행 신여성 꿈을 꾸었으나

꽃가마 타자마자 농투성이 '여자의 일생'으로 변신되었다 정오의 햇살 중천에 꽂히면 호미날 던지고 부엌 행으로 종 횡무진 몸으로 때웠다 부지깽이 불티로 자동 살균된 구정 물 돼지울깐에 부으면 토종 돼지들 포동포동 살 올라 철부 지 식솔들 등록금 되면서

지아비 발바닥 닦던 스크린이 가장 아프다 노동을 끝낸 사내 마룻턱 걸터앉아 석간신문 넘기면 여자는 토방에 쪼 그린 채 뽀드득뽀드득 세숫대야 손품 파는 것이다 사내의 발바닥 더께도 과도로 벅벅 떼어내면서

미망인이 된 구십 세
삼길포 횟집에서 우럭회 흰 살점 넙죽넙죽 넘기자 식솔 들은 기절하는 줄 알았다 저 넘치는 식욕을 한평생 어떻게

51

누르고 살았을까 그 후 피자에도 도전하며 노래방도 때리
겠다고 마음만 먹으며 제주도 비행기 카드 만지작거리던
효자손 계획표는 뇌졸중으로 쓰러지면서 종이 비행기가 되
었다

엄마의 밥상

낮 열두 시, 중환자실에서 일반 병동으로 옮기는 그 시각 지나도 나타나지 않는 엄니 조바심으로 기다리는데 눈빛 맑은 백의의 천사께서

할머니는 식사 중이니 기다리세요

그 순간 여름 달빛 비치는 안마당 밀짚방석으로 유년의 둥근 밥상과 새우젓국 떠올랐다 여덟 식구 하하호호 동치미 국물로 푸짐하던 웃음 사라지면서, 환자용 쟁반으로 재빨리 변신한다 침대에 부착된 식탁 당겨 착한 손이 떠먹여주는 오손도손 그림 떠올리며 안쓰럽지만 정겨운 병동 밥상으로 대체시킨다 그 순간 병실 문 여는 9학년 3반 모친의 침대, 코에 붙은 호스를 산소호흡기로 예단하며 조급하게 묻는다

뭐지요?

음식물 들어가는 도구요

유년의 밥상 팔랑팔랑 날아가고 이팝꽃 가로수 무더기 일제히 플라스틱으로 딱딱하게 굳어 버렸다

수유리 재활병원

깔끔이 노파는 초로의 아들 조우할 때마다 꼬치꼬치 복장검색에 들어갔었다 머리를 깎으면 바지 각이 걸렸고 바지를 다리면 가방과 소매 끝이 두더지처럼 튀어 나온다 그미의 아파트 현관 앞에서 자기 검열 짯짯이 마친 후 비밀번호 누르면 어럽쇼, 구두코 진흙 더께가 복병처럼 불쑥 등장하는 지적 사항이니

아들은 착했으나 주기적으로 고주망태가 되었다 밭고랑에 쓰러졌다가 사랑방에서 깨어난 젊은 날, 벗은 몸 물수건으로 닦아주던 기척에 벌떡 일어났던 돌발 사태는 아득한 사연이 되었다 노모가 쓰러지면서 이제 야단맞을 사태 없어졌다, 며 안심 독백 풍경이라니, 시헐시헐

등나무 면회실 평상에서 햇살 쬐는 모친
해맑은 눈빛 어디에 감추고 나머지 모래시계 헤아리는 중일까 지상의 모든 언어 감춰놓고 해파리처럼 태연자약 흐느적거리는 아, 청량한 초가을 햇살 따사로운 날이다

54

빈센트 제2병동에서

코로나 불심검문으로 끌려 나가던 방문객 후유증 사태로 늙은 아들의 엘리베이터 탑승 공포증이 시작되었다 하여, 대학병원 후문의 숨은 그림 되어 미로처럼 꼬불꼬불 돌파하는 찰나 우수수 몰려나오는 수녀복 착한 표정에 눈빛 둘 공간이 마뜩찮은데

강도 높은 재활훈련으로 이리저리 돌리고 꺾인 노모의 삭신, 직각으로 삐걱거리는 구형(舊型) 인조 로봇이 되었다 넙죽 잡은 손목으로 수수깡 부스러기 쏟아졌으니 음식물 콧줄 잠깐 떼어낸 노모의 낯빛이 그나마 수려하다

산 넘고 물 건너왔다는 흑룡강 출신 키 작은 간병인, 3개 국어 구사하던 건어물 행상 캐리어를 자랑하다가 곁눈질 풀고 정면응시로 갸우뚱하더니
아드넴 직업이 뭐이당가요?

정년퇴임 교사 소환하기 싫어 우물쭈물 손바닥 비비는 저 햇살 하필 회색빛으로 우울한데
농부시우?

기습 질문 한 방으로 가슴이 화초처럼 밝아졌다 이제 그
런 질문은 불심검문처럼 익숙하고 편안하다며 아슴아슴 석
양 받다가

국립재활원

    동트는 새벽까지 '비 내리는 호남선'만 수십 번째 리펫시키는 어머님, 목화밭 매던 중년의 노랫가락이 아지랑이처럼 피어오른다 간이역 철로에서 손수건 흔들며 한 서린 청춘 되돌리라고 하소연하면

    할머니, 그만요

    봉고차에 부딪친 마흔 살 희숙 씨 두 달째 기브스에 덮인 방청객 인내심도 마지막 고비이다 그미의 통사정으로 아주 잠깐 주춤하다가 다시 '섬마을 선생님'으로 곡조를 바꾸셨으니 피도 눈물도 없는 열창 코스이다 사랑한 그 이름은 총각 선생님 서울에는 가지를 마쇼

    귀 아파요 제발

    그래서일까, 초로의 아들 찾아왔을 때는 눈꺼풀 위아래 찰싹 붙은 채 죽음보다 깊은 잠에 빠져 있었다 뻐꾹새 울면서 벚꽃 떨어지는 4월이었고

어머니의 한가위

더도 말고 덜도 말고 한가위만 같으라구요?
밤 먹고 대추 먹고 송편도, 자식들끼리
자식들끼리 따로따로 먹었습니다
늙은 자식 부부들 번개 상봉
한가위 10분 면회가 쏜살처럼 흘러갑니다
칠순의 큰딸도 강원도 비탈 너머
아픈 허리 복대 무장 채우고 등장했지요
폭풍 성장한 손주들 미루나무처럼 든든하네요
병동 생활로 꼬박 열세 달 보내더니
지금은 요양병원 콧줄 식사로 다섯 달째입니다

광천 새우젓

눈보라 걷히자 시내버스 유리창 너머 '광천 젓갈집' 형광
등 흐릿하지만 93세 어머니 출석 체크로 구들장 보따리 풀
던 재래시장 그 자리 반짝반짝 아름답다 식민지 시대 군청
서기 풋보리 소녀의 사연이며 장성한 손주들 자랑 사태로
거뭇거뭇 날이 저물면

어리굴젓 구입으로 귀갓길 서두르던 인생의 마지막 아지
트이다 젊은 아낙들 맞장구로 신명이 오르면 더운 김 오르
는 호떡 한 봉지 모락모락 나눠주던 그날도 진눈깨비 쏟아
졌었다 기실 아들내미는 저물녘 어느 우연한 조우에 딱 한
차례 허리 숙인 게 전부이니, 그미의 벗들 찾아 칼국수 한
번 내준 적 없다

그 아들도 등허리 굽으면서 키가 2센티 줄고 열한 개의
임플란트로 잇몸 세웠다는 행보는 당연히 핑계이다 더벅머
리 해마다 한 움큼씩 빠지면서 가려졌던 주름살 죄다 들키
며 즈이 식솔 돌봄에만 올인했으니 가림막 칠 카드도 없다

그 어머니 이제 다섯 번째 앰뷸런스 이동으로 병원 침대

에만 열두 달 보냈으니 시나브로 94세이다 하필 또 눈보라
치는 시장통 그 간판 스치고 나서 '내 탓이요' 가슴 두들기
는 공허한 회한이라니, 슬픈 독백에 빠진 지금 사람들의 안
부가 불편하다

　나 놀러 와도 짐은 안 되는 건감?
　지금도 출입문 열고 어머니가 방긋방긋 웃으며 들어올
것 같아요 쪼글쪼글 예쁜 얼굴로 돌아갈 때마다 젓갈 한 통
씩 사가곤 했지요 눈시울 그렁그렁한 예순일곱 순주 씨도
초로의 문턱 벌써 넘었다

　저 눈발 한가운데 엎드려 따뜻한 밥상 올리고 싶다 살얼
음 뚝뚝 떨어지는 동치미 국물 후르룩 넘기며 비운 내장 훗
훗하게 채우고 싶은 것이다 예배당 종소리 뎅그렁뎅그렁
울리는데 '하느님 몸을 팔아 모시겠습니다' 기도하는 침묵
이 납덩이처럼 무겁다

아부지 꿈

블라디보스토크 반야 사우나
창밖은 망망 얼음 바다

쿵, 쿵 소리에 문을 여니
아, 호호백발 나의 선친

아궁이 장작불 지피던 그 조선의 팔뚝
근육질에 울울 맨발이다

보고 싶었나요 아부지
구천에서는 이런 식으로 안부를 묻는군요

저 까마득한 적벽이, 식민지 학도병
포탄의 불바다에 몰아넣던 루키스 섬인가요

그런데 아부지
말씀은 낮추세요 폭설의 아침이니까요

야스다의 훈장

　학도병 신체검사 마치고 귀갓길 서두르는 소도시 차부 입구에서 웬 게다짝 사내가 멱살 잡더니 지프차 가리키는데, 칼 찬 헌병 둘이 호시탐탐 노려보니 차마 반항을 못 했어 창씨개명 1호 조선인 순사인데

　그르그르륵 철제문 소리
　취조실 시멘트 냄새부터 소름끼쳤어 참나무 몽둥이에 바싹 얼었는데, 비명의 메아리 끌고 그놈이 나타난 거야 훈도시 펄럭일 때마다 기저귀 허옇게 드러나는 야만의 그 패션으로 패기 시작하는데 악마, 악마였어 처음에는 찢어지게 아프다가 나중에는 감각조차 사라지더라

　빠가야로 새끼, 대일본제국 전투기가 격렬비열도로 떨어지니 종이비행기라고 조롱했잖아 그 허위사실 유포가 나라를 어지럽히는 국기 혼란이고 적군을 돕는 이적행위야 그 격렬하게 비열한 매질 영원히 잊지 않겠다며 빠득빠득 어금니 깨물었는데

　고문기술자 야스다

해방 다음날 조선식으로 개명하자마자 만세삼창으로 읍
내 관료 채용되었다가 몇 년 후에 면장 자리도 따먹더니 군
청 고위직 자리로 옮겼어 어느 여름, 광복절 기념식장에서
소도시 독립 유공자들 호명하더니 가슴에 훈장도 하나씩
달아주더라

철둑길 대결

스산 가서 돈 자랑 말고 제천 가서 주먹 자랑 말라 했잖남 그 소도시 왕초께서 조치원 두목에게 선전포고 내린 거여, 누가 더 강심장인가 붙어보자며 강물이 흐르는 철교 위로 올라갔으니 도(道)를 경계로 진달래파와 해골파의 대결이지

철둑길 양쪽에서 졸개들 스무 명씩 숫자 맞춰 따로따로 지켜보니 빼도 박도 못하는 거지 강물이 흐르는 그 철교 위에 두 사람이 철로를 베고 누웠다네 저 멀리 기차가 뿌- 하는 연기로 치달리는데 누가 오래 남을까, 뱃심 테스트하는 거여

코스모스들 기차 바퀴 굉음 속으로 허리 쏠리며 한동안 아무 것도 보이지 않다가 마침내 기차가 지나갔는데 아이쿠, 진달래파 머리는 30미터 너머 튕겨 나가고 해골파 두목은 충돌 직전에 강물에 뛰어들었다가 50년째 올라오지 않았대 나두 귀동냥으로 들은 얘기니까 믿거나 말거나이고

3부
취한 스승과 취한 제자

언덕길 꽃다지

3층 옥상의 숭어 비늘 종아리들 트위스트 추는 청춘 사태 팔짝팔짝 빛이 터졌다 가발공장 아가씨들 싸리나무 허리로 낭창낭창 흔들면 맞은편 골목 옥탑방 사내들도 레코드판에 맞춰 더 야한 몸놀림으로 눈 맞추고 손가락 끄트머리도 송송 맞춰주었다 점심시간 끝종 울리자마자 여자들 모두 작업장으로 사라지고 사내들은 선반(旋盤) 깎으러 들어간 게 분명한데

어떻게 타이밍을 맞춘 걸까, 쉬는 날마다 담벼락 틈새에 숨어 부비부비 흔들더라는 뒤숭숭한 소문 담벼락 타고 오르내린다 우중충한 작업장 들어서면서도 그예 립스틱 짙게 바르던 스물한 살 석순 언니, 눈 맞추고 배 맞췄다는데

40대 젊은 후보 김대중을 누른 박정희 후보가 또 옥좌에 오르고 만년 3등 진복기 후보는 11만 표로 카이저콧수염 한 짝에 5만5천표씩 치렁치렁 매달리던 제 3공화국, 노동자 전태일이 스스로 몸에 불을 사르고 와우아파트 우르르 무너진 그해에도 작업장 그들은 모두 젊고 가난했는데

아기 씨앗 잉태한 풍문 터지자마자 꼬리 자른 사내, 토끼 꼬리 포항 어느 공단으로 증발했다는데 그미 혼자 마지막 밥 한 그릇 말끔히 치우고 냉수도 한 사발 비우더니, 깨끗이 빤 분홍 팬티 뽀송뽀송 갈아입고 블라우스 단추 구멍 다섯 개 꼼꼼히 채우더니 새벽안개 뿌연 옥상에서 홀러덩 뛰어내렸다

　공장 진입로 언덕길 꽃다지로 피어났으니 그리움이 간절하면 귀신으로 돌아온다는 그 말이 딱 맞는 것이다 무작정 상경한 열일곱 살 화순 아가씨가 그 가발공장 빈자리 채우며 신입 인사 조신하게 고개 숙이자 생머리 한 자락 무르팍까지 자르르 쏟아지던 늦봄이다

이별의 청량리역

군악대 웅장하던 빵빠레 소리 잦아지면서 열차의 출발 신호 포효하듯 허공을 가른다 이별의 청량리역 출발신호 터지자마자 창문에 매달린 파월 장병들 일제히 쪽지 집어던지자 철길 아래 소녀들도 사탕이 든 쪽지들 차창으로 날리면서 눈발처럼 휘몰아친다 열차는 순식간에 꼬리를 감췄고

스무날쯤 지났을까, 구경 나온 삼진물산 여자들이 던진 주소록으로 백마부대 장병들 편지 다발이 공장 우편함 미어터지며 사랑의 사연 쌓이기 시작한다 눈빛 예쁜 문맹 소녀 문자도 저 멀리 바다 건너온 편지 받으며 풍선처럼 부푼 가슴 달래는 중이다 문학소녀 재봉사 명희가 대신 읽어주고 답장도 써주는데

던진 쪽지에 공장 이름은 쏙 오려내고 주소 번지만 적었으므로 여대생 흉내로 기왕지사 미스코리아 사진으로 바꾸면서 허공에 번지는 핑크 빛 사랑 진해지는 중이다 괜찮다 사랑은 그렇듯 미로를 통과하는 무한도전이니, 지금은 이른 봄 지나 포상 휴가 나온다는 국군 옵바를 어떻게 만날까 설렘에 빠지는 공장의 밤이다

* 이 글은 임명희 시인의 산문집 『공장지대』를 읽고 쓴 시임

할머니 무덤가에서

검바위 개펄에서
박하지 구럭으로 서성이던
사내의 눈빛, 해 저물도록
물레방아 심장으로 바싹 붙어 있다가

서낭당 그늘로 우연한 상봉
그미는 나물바구니 내리고 조붓이 숙이다가
그니는 바지게 받치고 물결소리 망망 기울이다가
둥지 틀고 아들 딸 낳고 잘 살다가

사립문 무너지던 그해 새벽
영광굴비로 끌려가던 악몽 떠올리면
날아가던 새들도 숨소리 눌렀던가

청년 지아비 사변통에 먼저 보내고
반백 년 세월 빛의 속도로 지났는데
다섯 자식 밥상머리 교육

돌다리는 반드시 두들겨야 한다

연못 안에 악어 새끼 넣지 말고
허리띠 조르자며 목 조르지 말고

전파 탄 핏줄들 안부마다 안절부절 몸이 달아
사립문 소리에 귀 기울이며 쿵쿵쿵 가슴 여미던
할머니 무덤가 삘기꽃 뽑으면서

병아리 떼 뽕뽕뽕
— 수행자 송성영 작가 이야기인데-

아홉 마리 암탉 놓고 눈에 쌍심지 켠 토종 수컷 두 마리 처절한 쟁탈전이다 갈기갈기 찢기고 쫓겨난 녀석 마침내 지어미 하나만 달랑 끼고 개복숭아 나뭇가지로 분가했다 비가 오면 어쩌나 둥지 지을 걱정은 그렇다고 치고

둥우리 달걀 숫자가 모자란 게 수상한 것이다 재 너머 수풀 뒤져도 아리송송 허탕이었는데 앗, 송 작가의 맨발 수행 중 처마 밑에서 두어 알 발견했다 굴뚝 옆에서 또 한 무더기 만났으니 안심이다 물앵두 가지로 주렁주렁 매달린 닭나무 열매들 황홀하다며 송 작가 그렇게 암투병도 이길 참인데

암탉 한 마리 돌연 사라졌으니 들고양이 탓일까 아니면 머나먼 시원 찾아 고비사막 어디쯤으로 독립선언 했을까 갸우뚱하던 사월의 아침에 '짠' 하고 귀향한 것이다 저 거친 가문비나무 수풀 뚫고 병아리 떼 열 마리 즈이 어미 꽁지 따라 뽕뽕뽕 나타나니 봄날의 기적이다 오두막으로 반짝반짝 빛이 터졌고

비워야 사는 거지요

공주터미널 커피나무 유리창입니다. 쥔장 조성일 벗님이 코로나 포스터 게시하려 네 모서리 끝마다 스카치테이프 헐렁헐렁 붙이니 유리창과 선전지 사이의 공간 슬겅슬겅 비어 있었지요 파리 한 마리, 아메리카노 향내 찾아 돌진했다가 유리벽에 미끄러져 포스터 틈새로 포박된 사태입니다 손바닥 발바닥으로 유리벽 부릉부릉 긁으며 수렁 탈출 상승의 몸부림으로 쳇바퀴 돌리지만 연신 공회전입니다 급기야 실오라기 한 올 올릴 힘조차 쇠진한 그 파리, 출입문 바닥으로 꽃잎처럼 내려앉더니 웬걸, 바닥에 닿자마자 저 푸른 자유의 하늘로 훨훨 날아갑니다 애당초 힘을 뺐으면 단방에 살아날 수 있었구나, 하며 '딱' 소리가 터졌습니다

담배 피우는 여자

프랑크프르트 역전 어디쯤 수양버들 그늘로 치렁치렁 늘어진 오후, 세 살 아들의 고사리손 이끄는 새댁 같은 여인, 주머니에서 거침없이 꺼낸 건 앗, 라이터다 이방인 관광객 하나 놀라거나 말거나 담배 연기 풍풍 날리는 눈빛이 여전사처럼 튼튼하다 나머지 손으로 젖살 부드러운 아들내미 볼을 꼬집는데 어럽쇼, 그미의 눈동자에서 우윳빛 모성애가 톱밥처럼 쏟아진다 젖살 아이는 구름과자 구멍으로 손가락 쑤셔 넣으니 물보라 웃음소리 무지개로 피어나는 이방의 환승역이다

열아홉, 나일강의 소년 누쿠

수탉처럼 용맹한 이집트 소년 누쿠도 이방인에게 물건 파는 작업이 돈이 된다는 걸 터득했으니, 수문 조절로 잠시 뱃길이 느려지는 그 타이밍이 흥정의 찬스인데

크루즈 꽁지 따라 돌고래 쫓는 꽁치 떼처럼 오그르르 몰려드는 카누 행렬, 15미터 높이의 크루즈 위로 밧줄을 집어던진다 연결만 되면 작은 배들 나뭇잎처럼 아슬아슬 끌려간다

수문 사이를 통과하는 크루즈 옆으로 남은 반경은 3미터 남짓, 그 사이에 이방인들이 갑판에 오그르르 몰려든다 비닐에 싸인 양탄자, 타월, 치약 같은 소도구들이 갑판으로 던져진다 아비는 노를 젓고 소년은 밧줄 던져 비닐에 싸인 물건을 연신 흥정하는 중

헬로, 차이니스?
아 임 코리언 .
오 – 코리아 넘버원. 원더풀
동양인 그가 구입을 망설이자 누쿠는 노여움의 목청으로 코리아 넘버 파이브.

민망해진 코리언 사내, 치약 하나 꺼낸 다음 나일강 푸른 물결로 1달러 던진다 둥둥 뜬 지폐 찾으러 풍덩 지느러미 치는 숭어 소년, 올 봄에는 일당 모은 돈으로 눈빛 예쁜 소녀 열여덟 아니라와 둥지 틀 예정이라는데

'글을 낳는 집' 고양이

도둑고양이와 싸우다 찢겨진 귓바퀴까지
의젓한 가부장 수컷의 위용
김 작가가 던진 오징어 다리 옴질옴질 혓바닥 대다가
어슬렁어슬렁 다가오는 임산부 아내에게 양보하고
젖먹이 어린놈에게 다시 자리 비워주고
식솔들 만찬 죄다 끝난 후
그제야 남은 음식으로 허기 채운다
기실 암컷은 세 해 전에 잉태한 딸이었으니
착한 아비와 착한 지아비 한 몸으로 동시에 거느린
동물의 세계 근친상간의 섭리
*여보, 나를 낳아줘서 고마워요, 발바닥 핥는
혓바닥 위로 내려앉는 햇살
우수수 떨어지는 벚꽃 사태의 그 사월이다
*변영희 시인의 『Y의 눈물』에서 인용했음

취한 스승과 취한 제자

들꽃 벌판 데우는 땡볕에서 팔순의 스승이 늙은 제자 팔목 당기며 묻는다

저 개미 떼가 몰려다니는 사연 아느냐?

예스욧, 비 내리는 일기예보 예고하는 초감각입니다. 저도 그들처럼 손톱이 빠지도록 밥그릇 채우던 반백 년 평생입니다

기울던 육신 풍선처럼 둥실둥실 뜨기 시작하는데

저 애기배추 떡잎은 누가 초토화시켰느냐?

울타리 뚫고 온 고라니 떼입니다 인간도 그들의 도토리나무 벌목했으니 나눠먹자는 몸짓이 조급합니다 남은 줄기의 하얀 즙 바르면 손등의 사마귀가 단방에 초토화되니 뭐 하나 버릴 게 없습니다

이건 뭐냐?

고무된 제자는 손끝에 꽂힌 초록 이파리에 몰입하며 점입가경 빙의처럼

소루쟁이입니다 저 넓은 엽록소를 샴푸 개발로 연동시키면 이 땅의 대머리들 고민이 단박에 해결되어 가발공장들 싸그리 문을 닫게 될 겁니다

나이롱 문장 푸하하 터트리는데 스승께선 눈시울 그렁그

렁 적시다가

　됐다 너는 시인이 되거라

　꺼이꺼이 눈물 떨구셔서 철없이 행복하려 했다 뻥튀기의 불안감으로 '으아악' 잠에서 깬 강변 점방의 저물녘이다

스승 김종철

스물두 살, 스승의 과녁 꽂혔으나 나는 고무신 끌고 막걸
리만 순회하는 낭만파였다 그의 영미소설 『위건 부두로 가
는 길』 수강으로 조지 오웰 상봉했던가 탄가루 뒤집어쓴 노
동자들에게

'아랫것들은 냄새가 나'

쇼킹 문장 담으며 입영 영장 받았다 한탄강 어디쯤 지옥
복무 내내 '아랫것들' 부적 붙이며 단내 나게 박박 기다가

다시 복학생의 봄, 종소리 울리는 계단에서

그와 술잔 나누는 벗들의 그림자 부러워했으니 늦깎이
머리가 깨어나긴 한 걸까 먼발치에서 훔쳐보는 낯가림으로
가슴 쓰다듬었던 기억도 있다 시국은 어둡지만 우리들은
태양처럼 젊었고

윤중호의 '들불기획' 합정동 모퉁이

이마 맞대고 편집 상의하던 벗의 풍경이 부러웠다 그가
곁눈질할 때마다 머리가 물동이처럼 흔들렸으나 짝사랑 베
일로 숨겨놨다 몸이 관통될 때까지 순종을 결의했으나
사랑의 꼭짓점 끝내 맞추지 못했는데

망자가 된 윤 시인의 상갓집, 스승께서 새빨개진 중년의
눈동자에 호오호 불어주며

　'강 선생의 시는 자기 이야기야'

　그 문장만 수십 번 되씹으며 겅중겅중 웃었다 지금은 구
천에서 껄껄대는 스승의 표정 떠올리며 인연의 끈 굼벵이
처럼 붙잡는 것이다 분하다

대전역 오후 세 시

담벼락에 기댄 행려병자 파안대소 화사하다
철거된 유곽 길 건너로 밀리니
겨드랑이 사이로 솔바람 솔솔 들어오고
구겨진 담배갑 절반이 남아 있으니
햇살 받기 딱 좋은 그 계절이다
오줌이 마려우면 대전역 대합실로 가고
속옷에 흘린 몇 방울 맨살 온기로 건조시키고
지금은 포장마차 붕어빵으로
공복 채우니 달고 시원한 구공탄 맛이다
버스 카드 챙기다가 멈춰서면
십자가 매달린 예수로 짠, 하며 변신했는데

조치원역 해장국집에서

저무는 열차 침목 따라 손바닥 흔들며
철로변 수수꽃 머리카락 풀었다
대자보와 최루탄의 시국
서른 살 기우는 젊음 어디쯤 만난 여자
종촌 꼭대기집 과수원집 마당에서
삼십 리 길 복숭아 리어카 밀다가
다리 밑으로 뒤집히면 데굴데굴 구르는
복숭아 쫓아다니던
단발머리 사연도 미호천 물살 넘었다
재래시장 희미한 알전구 아래
호기롭게 지폐 몇 장 꺼낸 박 씨가
어린 자식 곱창 채워주던 할매네 해장국집
부산행 하행선과 목포행 무궁화 열차
갈라치는 소도시 사거리
지금은 행정도시 새천년 도시 계획에 밀려
더욱 쓸쓸해진 역전 포장마차
오줌발 세우던 언덕 너머 철둑길 보다가
아랫배 쓰다듬던 아침 있었다

코로나 입춘

　시험문제 이중정답을 깜빡 놓쳤구나, 출제 오류로 새도록 헤매다가 벌떡 깨어나서도 전전반측 더듬다가 아, 꿈이구나 살았다 안도하는 그는 기실 정년퇴임 4년차 사내이다 연금 통장에 꼬박꼬박 숫자 찍히는 사이비 백수 이력도 더께 붙은 그때까지 끈끈이주걱처럼 달라붙는 교실의 흔적이라니

　아직도 노병의 사슬 벗어나지 못한 채 밤마다 신병교육대 악몽으로 발버둥치는 것이다 대가리 박던 사타구니 사이로 바라본 춘삼월 푸른 하늘로 허우적거리다 깨어나면서 안도의 새가슴 누르면, 산 너머 더 까마득한 산

　이번에는 장가 못 간 몽환의 홀아비로 등장하니 어이없는 사태이다 매화꽃 피던 봄날이라 더 그랬다 웬 신데렐라 여자 하나가 강보에 덮인 아기 내밀며 '당신 새끼홧' 기습하는 포대기에 아가위 빛 방싯방싯 눈망울이라니

　동트는 새벽이다 마스크 위로 벗들의 눈빛만 살필 수 있는 꼭 그만큼의 투영에도 익숙하다 나의 맨살 감추며 남의

만상 꿰뚫는 건 얼마나 사악한 음모인가 코로나 수치가 두
자리로 줄어들기만 하면 생강나무 꽃구경에 빠지겠다며 다
짐하는 그 사내 봄날의 강박증이다

철도원

하행선 하나 폭설 매단 멧돼지 야생으로 질주한다 윗눈
썹 아랫눈썹 마주 붙은 굉음으로 치달리는 쇠붙이 등짝 따
라 하얀 꼬리표 털어내고 있다 떠나는 열차 향해 초로의 역
무원 혼자 작별 인사 올리는 간이역 톱밥 난로, 승객 없는
호각 소리도 처연한데

첫 요정은 일곱 살 소녀로 짠, 하고 등장했다 이제는 아
스라한 언제쯤의 사연일까, 사내가 갓 난 딸의 무덤에 넣어
준 그 인형 분신처럼 끌안고 깡충깡충 달리는 그림자 다가
오니 눈물겹고 눈부시다 조심조심 걸어라 아가야 네가 미
끄러지는 찰나 지구가 폭발한단다 우유빛 목덜미로 눈발이
또 쏟아지니 늙은 사내 넋이 빠졌다

두 번째 요정은 열두 살 소녀, 이승의 아비 볼에 입술 붙
이더니
'키스했다, 만만세'
나풀나풀 춤사위는 도대체 무엇이었을까 지어미 보내고
갓 난 딸 또 보내고도 이렇듯 축복에 사무쳐도 제발 괜찮은
것일까

'근무 중 이상 무'

눈 비빌 때마다 천장에 매달린 소녀의 잔상 떨어지지 않는다

마지막 열일곱 그미는 아내의 좁은 어깨로 겹치기도 했다 신부 수업하듯 따뜻한 밥상도 뚝딱 차려내더니 맥주 한 잔 넘실넘실 따라주는 손목부터 틀림없다 창틀 훔치는 몸짓까지 뭐 하나 거리낌이 없어서 황홀하게 취했다가, 아뿔싸

왜 거짓말을 했니?
귀신은 무섭잖아요
딸을 무서워하는 아빠는 없단다

난로 뚜껑 수증기 뿌옇게 오르면서 이승과 저승의 간극이 사라졌다 그리고 죽었다 초로의 그 사내 눈사람으로 합체되는 행복한 찰나 놓칠 수 없었던 것이다 미안하다 사랑한다 귀신을 보았으니 죽어야 한다

4부
소년공에게

동지여, 설국의 새해에

— 유지남 시인에게

동지여, 편히 보낼 수 없다며
고무신 감추는 순정들
매몰차게 뿌리치고 발걸음 가볍게, 동지여
이승의 자물쇠 튼튼하게 닫으세요

자작나무 두 딸과 미륵 같은 아들
밥꽃처럼 포근한 아내에게만
커튼 자락 펼쳐주세요
문고리 열다가 문득 교실도 들여다보세요

저 럭비공 청춘들
억새꽃 벌판에 함부로 몸 던지던
질풍노도들 곱은 손으로 유리창 두들기면
아랫목도 내주고 이불 덮어주고요

그리고 깨어 있는 시인이여, 단 한 번도 놓칠 수 없었던
민주주의와 참교육, 통일과 사랑
어깨 걸던 스크럼 모래성으로 잦아지며
상처 난 벗들 모난 독설까지

이 세상에서 가장 편안한 웃음으로 다독거리던

이제 흩어진 술상은 누가 치워주나요
음주운전 승용차는 어떻게 호출하나요
전세방 옆구리 걷어차던 이슥한 골목길
토한 등허리 두들기던 가로등은 제발 사라졌나요

들리나요 여기 그 옛날 혁명의 동지들
시뻘겋게 눈시울 비비는데
큰 배 타고 훠이훠이 급하게 떠나셨나요
저 아득한 구천에서 굽어보다가
너는 아직 살아 있다고 우는 거냐며 허허 웃으시나요

나목

시베리아 겨울의 그 막바지

취한 사내 혼자 바르르 떠는 중이다 옛 터미널 건물 아래
로 알몸의 쥐똥나무 이파리 하나 딱 남았다 나무야 모진 정
붙이야 너는 왜 떠날 줄 모르고 언제까지 꼿꼿하게 남아 있
느냐

각서

그날 밤 각서 한 장 소명으로 단두대 피하던 실랑이들 찌질하게 리얼했다 건넌방에 구겨져 귓바퀴 세우면 교육청 하급관료들 전선을 허무는 헛바닥 건디다가

대리 도장 찍는 피붙이 그림자 담벼락 너머 각인하면서도 차마 몸을 일으키지는 못했다 단두대에 목을 내밀지 못한 우리는 반드시 우리이어야 했으므로 차선을 다해 무너진 옆구리 채우려 했으므로

던질 수 있는 건 돌멩이밖에 없었으나 식솔의 압박이 껌딱지처럼 떨어지지 않아 두근두근 망설일 때가 더 많았으니, 솔직히 그는 혁명가가 아니라 소박한 스승 체질이었던 것 같다

한솥밥 카드가 소원해지기도 했는데 그게 마지막이 될 줄은 차마 몰랐다 그가 없는 다른 술자리에서 외나무다리로 마주치면 머쓱하게 잔을 건네기도 했다 새해를 넘기면서 더 조급해지긴 했는데

여기서 멀어지면 절대로 안 된다 포장마차 목로에서 새
도록 풀어봐야지 운동화 끈 조이는데, 전화벨 소리가 기차
화통처럼 터지는 것이다 '그가 먼저 갔어요' 하늘이 무너졌
다 개 같은 새해 아침이다

열반

　승용차 조수석 내주며 망망 벌판 하염없이 달리던 그의 규칙에 익숙해졌다 기우는 청춘의 씨앗 틔우며 후끈 달아오르던 지순한 세월 분명히 있었다 하여, 자정의 길목에 겨우 하루의 석별 초침 늦추기 위해 캔맥주 한 모금 아끼고 아껴 비우던 고락의 시국이었다 그의 몸짓 껴안기가 버걱거리다가 언제부터였나, 미끄러지는 문어발 틈새를 느끼기도 했었다 그래도

　'아름답게 사랑해야지'

　손바닥 발바닥 새도록 비벼대다가 화들짝 일어난 겨울 아침 그가 지구의 시간을 마감할 줄은 꿈에도 몰랐다 아, 정말 떠났다

사랑을 위하여, 둘

쏟아지는 햇살이여, 너는 영원히 붙박이로 빙긋빙긋 지켜줄 줄만 알았다 새벽 담배 문 베란다의 여명, 핸드폰만 누르면 따뜻한 웃음으로 목을 감싸는 줄 알았다 그러나 없다 뜨거운 백 허브 압박으로 어깨 돌리는 순간 분명히 나 혼자 지렁이처럼 으슬으슬 떨고 있는데 거울 앞에만 서면 어김없이 나타나는 정지화면이라니

슬픈 우리 젊은 날, 시국의 단두대 비켜가던 그 주홍 글씨 흔적 지우고 싶었다 무장한 하급 관료들과 실랑이 부리다가 동지들의 전선(戰線) 무너지는 소리로 오금 서렸다 피붙이 누군가를 잡아끄는 유혹의 몸짓 또렷하게 들으며 차마 몸을 일으키지 못했다 너는, 나는, 특히 몇몇은

철옹성을 뚫겠노라 밤마다 어금니 갈았다 대자보 공간 찾아 골목길 헤맬 때가 더 많았지만 등짐으로 얹힌 껌 딱지 떨어지지 않아서 그 운명의 궁합에 철없이 방심했었다 벽에 붙은 반딧불은 '창문의 눈(目)'처럼 영원히 밝혀주는 줄만 알았다

앞이 안 보이게 쏟아지던 눈보라 정월, 코로나 확진자 645명이던 그해 17일이 너의 마지막 기록이 되었다 이제 빈자리가 된 너의 창문을 영원히 열지 못할 것이다 날마다 내 생애 마지막 날짜로 떠올리며

춘장대 포장마차

'카드는 안 되지만 계좌이체 가능합니다'
캐비닛 라면 박스에 계좌번호 적힌 그 포장마차는 '수산
나파아노' 맞은편에 있다 꼼장어 한 접시만 추가해도, '비싸
서 안 돼' 설레설레 손 흔들며 잔치국수 놋그릇에 시뻘건 겉
절이 얹어주던 할미의 그림자 알전구 불빛에 흔들리는데

먼저 떠난 처의 소생까지 일곱 남매 키우다가 둘은 먼저
보냈다며 흘흘흘 웃는다 지금도 주방에 서면 계란찜 뚝배
기 단박에 생산하는 그 할미 '신의 손' 마른 명태처럼 살갑
다

불 꺼진 선술집 다시는 켜지지 않아 하염없는 고독에 빠
지는 찰나 박하지 실은 할미의 외발 수레 또 만났다
'어두워서 더 잘 보이는 거여'
바위 밑창 더듬어 칠게 한 마리 꺼내는 그미의 팔목이 후
끈 달아오르게 한다 굽은 등 노파의 대장부 발걸음이라니

빨간 헝겊 쏟아내던 해당화 연두색 대궁들 그물 보자기
로 폭삭 덮인다 갈매기 수십 마리 끼룩끼룩 작별의 위용으

로 소란하나 지금 사위는 적막이다 그미가 사라진 바다는
칠흑 같은 어둠이지만 시간은 참으로 힘이 세다

마량 포구에서

한 해를 사위는 저 낯선 행락들 저무는 낙조로 물드니 등허리 굽은 사내 혼자 술청 찾는 즈음이다 뒷골목 수은등에 멈춰 서서 붉은 담벼락으로 흔들리는 그림자 그림자들, 장항선 종착지 두 정거장 남은 판교역 개출구에 서성이다 호프집 '장밋빛 인생' 지나 재래시장 목로에 자리 잡는다

외계인 대가리 닮은 주꾸미는 갯바람 불어야 제 철이라며 막소주 하나 술청에 올리며 사내 혼자 거푸 잔을 들기도 했다 똑딱선 차가운 깃발 떠올리며 수상한 신음으로 끼룩거리는 갈매기 떼 멈칫 보다가, 취하며 살아야 무거운 짐 내리는 길이라며 골목길 어디쯤에 오줌발 세웠던가

누가 하늘을 검은 포장으로 덮어놓은 걸까
힘들게 살아야 한다며 날마다 노여움 쥐어뜯었다 결핍의 공간 찾아 갈대처럼 서걱이는데 어디서 나타났을까, 갈매기 떼들 이제 그만 떠나자며 세월의 그림자로 선명하다 괜찮다 괜찮다며 다독이는 뒷모습도 처연하다 미안하다 끝까지 사랑한다

초로를 위로하며

정년퇴임 800일, 지하철 경로석 반대쪽으로 피하는 몸의 습에 더 익숙해졌다 2호선 환승하는 신도림역 출구에서 웬 근육질 할머니 하나 초로의 소매 당기며 '앉으세요' 빈자리 가리키던 황당 스크린 이후 '입석 승차 결벽증'의 결의가 철 벽처럼 강해졌다 놔두세요 두 다리 모두 장승처럼 튼튼합 니닷

긍정의 마인드로 변신도 있긴 하다 장년의 한때까지는 한반도 구성체 모두 노여움의 점철이었는데 지금은 '미치 도록 아름답다 저 이팝꽃' 하는 서정성의 블랙홀에 빠지기 도 한다 무딘 등뼈는 스트레칭으로 풀고 흔들리는 잇몸은 입술로 감춘다

음주 행각 절반으로 다운시키며 더 너그러워졌다 침 뱉 고 껌 씹는 여중생이나 골목길에 숨어 흡연 무드에 취한 고 딩들 만나도 푸른 몸의 부러움으로 황홀해진다 경로우대 증 나오니 지하철도 무료이다 예전의 어둠은 모두 절망의 상징이었는데 지금은 그 시커먼 바리게이트가 보호막이 된 것이다

다시 금강에서

천수만의 유년은 기실 가물가물하다 수평선 너머 안면도 어디쯤에서 소년의 백사장 하염없이 바라볼 미지의 누군가를 떠올리던 열두 살 언저리까지이다 느리게 흐르는 능선과 산봉우리들, 뒤로 갈수록 하늘빛 닮았다며 물새알 둥지도 애틋하게 살폈던 것 같다

후암동 미군부대 담벼락 지나 남산도서관 계단 오르며 사춘기에 입(入)하던 유신의 시국이다 서울 시내 내려다보던 4층 옥상에서 종이비행기 날리면 창공으로 치솟던 소년의 꿈 구름 속으로 소환되면서 다시는 나타나지 않았다 연탄불 꺼질 때마다 하루를 꼬박 굶던 자취생 연속으로 중학생 내내 딱 7센티만 컸는데

가슴에 유서 품던 서른 살이 가장 혹독한 기억이다 해방 세상 꿈꾸는 동지들의 스크럼에 머리 들이밀며 밤마다 대자보 붙이는 꿈으로 자기 확인 다지던 시국이다 과거와 미래의 경계가 뚜렷하게 구분되었으나 바벨탑은 가혹하게 높았다 생머리 여자 만나 금강에 둥지 튼 게 신의 한수이다

불혹 즈음이 실용적 자아의 시작이다 만상의 눈이 시인에게 집중된다며 스치는 사물마다 의인화시키고 사물의 눈이 시인에게 몰입된다는 낯선 깜짝쇼도 찾아내었다 후미진 골목마다 시인의 씨앗 뿌렸으나 자본주의 약진을 간과한 게 패착이다 그나마 어린 식솔 손목 잡고 착한 사내 표정으로 금강 뚝방 걸을 때가 행복했던 것 같고

등허리 굽으면서 항아리 밑바닥 빛과 그늘까지 확연히 구분하게 되었다 곰나루 제방에서 나뭇잎 열병 군단 바라보며 강물이 흐르고 흘러 마침내 서해 바다에 도달하는 게 확실하다고 주억거린다 인생의 시계추 오후 일곱 시가 막 지났으니 이제 하나씩 내려놔야 한다

소리 넷

모난 돌이 정 맞는다
노친네 밭은기침 피해
물수제비 띄우는 아들
자갈밭 두근두근 박동으로
갈잎 저무는 소리
우당탕탕 빛의 속도로
세월 쪼개지는 소리
억새꽃 뿌리털 내리며
빠드득빠드득 어금니 가는 소리
이제는 울지 않아요 어머니
검버섯 노모 다독다독 재울 때마다
돌 지난 아이처럼
쿵, 쿵, 쿵 방싯대는 소리

그 소년은 지금

늘어선 하관 오열의 그늘에서
그 소년 혼자 멀뚱멀뚱하다
광주항쟁 장례식장 모퉁이
아비의 초상화 받쳐 든 눈망울에서
나 혼자 항아리 그늘로 서늘했을까
빛과 어둠 또렷이 구분 짓던
분노의 시국 빛의 속도로 흘렀는데
그는 과연 어떻게 지내고 있을까
설레설레 도리질로 지우며
이제는 등허리 따뜻한 행복
취할수록 허허롭다며 자학에 빠진다
오월의 금남로 아스팔트에서, 나는
배신의 자본주의 견뎌낸 만큼
매운 회초리 모질게 견뎌내야겠구나

저무는 우금치에 서서

빛을 갚아라, 외등 밝힌 쌀가마 우마차 휘이휘이 오르던
여명의 회색 길

갑오년 조총에 비켜 맞은 허벅지 버드나무 껍질로 동여
매던 길

비석 문구 더듬던 착한 사내 흐느적흐느적 떨던 길

금강 물살에 젖어 가슴 여미던 우금치 그 길

다시 살아나는 우금티

백성은 하늘이다

동학년 남녘의 함성 맨몸으로 일어선

오늘도 백성은 청청한 하늘이다

짓밟힌 가슴

설움 받던 아랫것들 함께 모여

타오르는 벌판

오르지 못하고 쓰러진

아, 사무치는 우금티

산맥을 품고 달려온 흰옷의 생명들이여

두 눈 부릅뜨고 보아라 여기

사람 사는 세상으로 흐르는 강물

다지고 다져보는 흙담 흔적들

땀땀이 쌓아 올린 돌무지 염원으로

자주 평등 대동 세상 다지던

어와 내 사랑 우금티에

백성은 하늘이다

동학년 봉화 고스란히 남은

끝끝내 백성은 하늘이다

*공주 우금티에 세운 이 시비의 글은 강병철, 전병철 그리고 망자 유지남 시인까지 셋이 쓴 공동창작시이다.

코로나 초가을

막차에 쫓기는 조급한 술상에 익숙해졌다
벌레 먹은 장미 하나 저무는 햇살로 정분나더니
수수깡 대궁으로 일어서는 초가을
서두르는 술청 마감으로 꿈결처럼 잠들고 싶다

나싱개

칠판에 뿌리 내린 순수 청년의 신고식
빛의 속도로 흐른 36년
마지막 하루까지 채마밭 물 뿌리고
밤 10시 야간자습으로 채운
늙은 교사의 임기 만료 어떻게 소문내야 하나
닦고 기름 치던 의자 박탈당하니
허허롭구나, 주억거리며
해장술 몇 차례로 보름이 지나갔다
34년 만에 만난 담임 반 제자들
지하철 통금 맞춰 흩어지는데
모텔 독방에서 홀로 깨어난 그 사내의 아침
발톱 틈새의 묵은 때 파낸 다음
이제부터 시작이다 손바닥 비비니
아, 화사하다 춘삼월 바깥세상이여
투시담 너머 냉이꽃 봉오리까지

목공이세요

그 학교의 전문인 특강 초청 멤버는 119 구조대, 의사, 목공, 작가, 가수까지 도합 다섯 명이다 어색한 조우로 저마다 달달한 커피 홀짝거리며 침묵 중인데 안내 표찰 단 소도시 여중생 하나, 문을 삐쭉 열더니 머리카락 수평으로 늘어뜨리며, 왈

오– 묻지 않아도 직업이 딱딱 보이네요

비싯비싯 웃던 진로 교사가 하필 나를 가리키며,
이 분은 무슨 직업 같으니?
들키지 않기 위해 재빨리 아주 고독한 표정을 지었으나

목공 아저씨죠, 딩동댕
옆자리 목공님이 2대8 가르마 푸짐한 웃음 짓자 잿빛 하늘 걷히며 화사하게 변신되는 중이다

간지름 나무

언제 나에게 사랑한다 말한 적 있느냐
그러니까 상큼하게 헤어지자는 것 아니냐

벼이삭 단풍

쫓겨난 서방님의 해직교사 여름
색동저고리 입고 선생님한테 시집오던
스물다섯 새댁 순자야
원숭이 띠동갑 부부 혼인식 치르니
신랑 친구는 스승님들 얼레꼴레
새각시 친구는 담임 반 제자들이라네

난세의 벗들은 보름달 만나
신바람 풍장으로 후여후여 난장 벌이는데
취한 그림자 사이로 설거지통 들고
생머리 넘실넘실 바지런하던 세월 지나고

귀밑 서리 내린 재래시장 골목에서
지아비 옛 친구 여고 담임에게 허리 숙이자
좌르르 쏟아져 내리던 머리카락 아슴아슴한데

오늘은, 그미의 튼실한 군살 뒤로 청년으로 변신한
후리늘씬 미루나무 그미의 아들놈들
추노처럼 빈틈없는 호위기사 배웅으로

소도시 차부 점령군 되어 어미의 차표 끊는구나

아침 햇살 비눗방울처럼 하늘로 떠오르는
벼이삭 단풍 황홀한 초가을 오후에

라떼는 말이야

그는 이제 밤 아홉 시 이후의 도정
배추 뿌리 뽑힌 자리마다
억새꽃 흩날리는 그 시계추이다

라떼는 말이야
우금치 묵정밭 쟁기질하다가 갑오년에 쓰러진
마른 뼈나 바가지 해골이 툭툭 튀어나오기도 하던
이슬 젖은 삐라 신고로 색연필과 바꾸던
아들 딸 구별 말고 둘만 낳아 잘 살자던
정관수술 하면 예비군 훈련도 빠지던

그런 시국이 있었어
박정희와 윤보선, 선거판 유년의 보릿고개 지나고
박정희와 김대중, 개발도상국 사춘기도 지나고

금강을 잇는 공주 구(舊)다리 건너다가
시내버스 엇갈릴 때마다 난간에 백지처럼 몸을 좁히던

장발 단속 걸린 사내가 차렷 자세로 가위질당하던

미니스커트 잡힌 누이가 치맛단 뜯기던
보행 위반으로 계도소에 갇혀 벌을 서던
밀주 단속 나오면 젖먹이 업고 보리밭에 숨던

라떼는 말이야
힘들게 사는 운명을 알았어 가방끈이 없어서
야근이 끝나면 시린 소주로 새벽 채우며
기름밥 먹는 청춘의 흔적들
타이밍 먹으며 장군처럼 호이호이 미싱을 타다가
재봉틀 바늘에 찔린 손가락, 쭉쭉 빨아대던
가발공장 수출 역군으로 데모대에 끼었다가
머리채 잡힌 채 끌려가며 소리지르던
그미들은 모두 어디로 떠났을까

늙은 아낙 틈에 끼어 호미질하던 사춘기 복녀는
방통대로 진학하여 시인이 되겠다는 금자는
짝사랑 쪽지 아홉 통 받고도 가슴 열지 않던 새침떼기 미
순이는
방직공장 삐라 뿌리다가 퇴학당한 부설학교 순이는

세숫대야에 화염병 나르던 탈춤반 아연이를 떠올리며

지금도 설렘으로 두근거린다
남자 화장실 소변기 청소하다가 만난 동창생 순자
여성 환경미화원의 화사한 고무장갑 악수 그 후
반세기 전 첫사랑 그미의 먹머루 눈빛
밤마다 되새김질로 유리창 문지르다가

오피스텔 성매매하다가 함정단속에 걸려
옷 입을 동안 나가 계세요 방심한 사이
12층 베란다에서 통째로 알몸 던진 그미
대밭집 명희가 틀림없다 꺼이꺼이 울던 새벽이었던가

그 사연 섬뜩하게 성찰했다 전태일을 만나며
타는 목마름으로 민주주의를 기도하던
골방 구석에서 루카치와 통일과 민중혁명 나누던
마침내 그해 6월에는 아스팔트 꽉 차게
열사의 이름 부르며 함성도 지르던

여보, 춥지, 우리 괜찮게 살았지
골목길 언 땅 찾아 촘촘히 쥐불 지피던
혼신으로 밥그릇 챙기다가도 아낌없이 양보하던
우리 꼰대들 모두 열심히 씨앗 뿌린 게 제발 맞지

어두울수록 울타리 사연 선명하게 떠올리던
우리 젊을 때는 말이야
라떼는 말이야

소년공에게

개나리 물오르던 소년의 3월
동무들 모두 제복의 표정으로 상급반 문을 열던 열세 살
너는 어미의 손잡고 공장 문에 들어섰다
심장 박동 마디진 봄날은 다독다독 지났지만

반백 년 세월이 빛의 속도로 흐른
또 다른 3월을 영원히 잊을 수 없다 자정이 지나자
우리는 차마 새벽을 떠올리지 못하고
세상의 어떤 눈동자도 맞출 수가 없었다
그 가위눌림 척박한 외로움으로 진하게 고백했다
우리는 반드시 우리이어야 한다고

프레스에 짓눌린 장애의 팔뚝을
몸을 팔아 사랑하리라 고단한 노동 마치고
맨살 어루만지던 어미의 손길 놓치지 않으리라
공중변소 치우고 소도구까지 정리한 다음
이맛살 맞대던 누이의 다정한 밥상 풍경까지

그러니까 울지 말아야 한다

너보다 먼저 후엉후엉 포효하는 백성들
달래라고 말하지는 않겠다 그 대신
조심조심 손 내미는 것이다 이 땅의 민초들은
사슴처럼 기다리고 있노라며

소년공이여 맑은 개울로 오순도순 살고 싶었으나
도도히 흐르는 강물로 변신할
운명의 소년공이여 고지가 바로 저긴데
문턱에서 미끄러져도 넉넉하게 견딜 만하더냐
굽은 소매 아래로 쏟아지는
쇳가루까지 반짝반짝 새순 틔우며
차돌이 샘물 되도록 다질 수 있겠느냐 소년공이여

버스는 떠나야 하는데

엔진 소리 멈추고 문을 열자 소쿠리로 고개 내민 토종닭 겨드랑이로 뽀얀 먼지 몰아친다 정 많은 아낙들 이야기보따리 주구장창 끝나지 않았으므로

시집간 애기 첫딸 낳았다메 살림 밑천이지

대 잇는 고추 잠지 아들이 최고유 쇠용 없는 소리

계단에 한 발 걸친 채 미주알고주알 하염없이 이어지자 복장 터진 기사님 왈

아줌마, 이 버스 전세 내셨슛?

화들짝 바구니 끌어내는 순간 씨암탉 한 마리 생강밭 너머 *꼬꼬꼬* 도망치는 바람에 아이꼴래, 행구 엄마 치맛바람 펄펄 날리며 고샅 헤매거나 말거나 매운 연기 뿜으며 떠나는 완행버스, 멀어질수록 회색빛이다

산수유

뜨거웠던 만큼 아프다
몸 바친 맹세 무너진 새벽
문을 여는 게 두렵다
심장이 찢어지던 이른 봄이었다

공납금 날아갔다

소쿠리 채우고 개펄 보니 배부르다
망둥이 따로 칠게 따로 모으고

배 가른 복어는 싹싹 닦고 또 닦아서
지붕 위에 널어 말리고

내장만 도려내어 안마당에 던지자
토종닭들 달려들어 찍어먹더니

벼슬 높은 수탉이 먼저 쓰러지고
암탉 네 마리 연달아 죽었다

석호네 남매 울멍울멍 목을 세워도
또 쓰러진다 공납금이 날아갔다

다시 한 판을 주문하며

이영숙 | 시인 · 문학평론가

1.

'강 선생의 시는 자기 이야기야'
그 문장만 수십 번 되씹으며 경중경중 웃었다
—「스승 김종철」 부분

시인이 '경중경중' 뛰듯이 웃고 있다. 문청 시절부터 흠모했으나 여러 번의 인연에도 불구하고 낯가림이 심해 선뜻 다가가지 못했던 '스승 김종철'이 한 말씀을 주셨기 때문이다. 그것도 "망자가 된 윤 시인의 상갓집, 스승께서 새빨개진 중년의 눈동자에 호오호 불어주기"까지 하면서 말이다.

"강 선생의 시는 자기 이야기야".

'스승'은 강병철의 존재를 익히 알고 있을 뿐 아니라 그의 시의 패턴을 정확히 꿰뚫고 있었다. 자기 이야기를 시로 쓰는 일을 자전적 시 쓰기라고 할 수 있을 것이다.

나고 자라 현재까지 경험한 이야기가 시적 대상이 되다 보니, 자기 이야기 속에는 '자기'가 직간접적으로 겪은 남의 이야기가 더 많이 자리하게 되기도 한다.

따라서 '스승 김종철'이 말한 '자기 이야기'란 강병철이 순간을 미학적 관점으로 접근하는 객관적 서정보다는 시간의 흐름 속에서 자신과 연계되는 주관적 서사에 더 치중했다는 의미를 포괄한다. 이미지 중심이냐, 인과관계로 엮인 에피소드 중심이냐가 그 기준이 된다.

자전적 시 쓰기는 할 말이 많을 때 선택하는 형식이다. 그러나 일제강점기와 한국전쟁기와 독재체제기를 모조리 겪은 세대가 흔히 자기 이야기를 책으로 쓰면 몇 권이 넘을 거라고 자탄하는 것과는 달리 기구한 이야기 자체가 문학이 되지는 않는다.

유의미한 가치가 있는 어떤 이야기만이 문학의 범주에 들 수 있다. 한국전쟁 직후 태어나 빈곤과 독재, 5·18이라는 전대미문의 폭력과 광기, 신자유주의라는 미증유를 고루 경험하고 근래 일선에서 물러난 시인에게 유의미한 가치란 무엇일까.

강병철이 시집에서 보여주듯 순진무구했던 유년기와 이웃의 아픔을 머금은 개인사, 사건과 사고를 내포한 사회사, 역사적 진실이라는 시대성 같은 것이 아닐까.

이야기를 이끌어가는 주체로서 교사 출신의 시인은 문어체보다는 구어체를 선택하였고, 지역의 정체성이 드러나는 사투리와 당대의 언어를 구사하였으므로, 시집은 가공하지 않은 원색의 정황과 인물들이 본모습대로의 존재성을 내뿜는 장소가 되었다.

이야기는 시간성을 갖는다. 좀 신비로운 대목인데, 시인은 필생의 업을 이미 열두 살에 예감했다. "수평선 너머 안면도 어디쯤에서((시인의 말)에 의하면, '격렬비열도' ─ 필자) 소년의 백사장 하염없이 바라볼 미지의 누군가를 떠올렸던" 것이다.

이 시집에는 "인생의 시계추 오후 일곱 시가 막"(「다시 금강에서」) 지난 그 미지의 누군가가 다시 금강을 찾아 열두 살의 자기 자신과 마주하기까지의 한 생이 다 들어 있다.

　　2.

유소년기가 없는 성인은 없을 것이나, 유소년기가 풍요로운 성인은 없을 수도 있다. 강병철은 물론 풍요로움 쪽에 거주했지만, 그것이 물질적으로 유복하고 문화적으로 충족된 삶이었던 것은 물론 아니다.

다만 충남 서산을 중심으로 시에 등장하는 지명들을 통해 시인의 고향이 주는 정서적 부요를 짐작할 수 있을 뿐이다. 천수만과 금강(「다시 금강에서」), 갈마리(「갈마리 가는 길」), 적돌만(「해루질」), 안면도(「적돌만에서」), 한머리(「김현송 여사의 이력」·「다시 한 판 붙자」), 마량포구(「마량포구」), 당재골(「천장에 꽂힌 화투」), 광천(「광천 새우젓」), 춘장대(「춘장대 포장마차」) 등이 그곳이다. 여전히 여자에게 가혹하였고(「생강나무」·「봉선화」·「복자야」·「구십삼 세」·「달맞이꽃」·「유월 장마」·「언덕길 꽃다지」), 학생의 인권에 대한 개념 자체가 없던 시절이었으며(「가슴둘레 검사」·「옷 벗던 소년은 지금」), 키우던 개를 식용으로 팔거나(「타이거 파는 날」·「안녕, 타이거」) 흑염소를 쇠망치로 때려잡아(「흑염소를 잡으며」) 소년의 마음에 상처를 입히는 일들이 발생하기도 했지만, 더 크게는 이 모든 것을 포용한 바다마을이 소년을 성장시켜 '남의 이야기'에도 애정을 담아 '자기 이야기'로 만드는 시인이 되게 하였다.

한머리 원정 사냥 나온 꿩잡이 동석 씨는 육군 중사 출신이다 딱 벌어진 어깨에 검은 라이방으로 어슬렁어슬렁 등장하면 목화밭 아낙네들 허리 펴는 척 힐끔힐끔 쳐다보는 게 밸이 꼴린 노름꾼 종달 씨, 논두렁 주먹 선배 강씨 할아버지에게 귀엣말로

선방 칠 테니 내가 밑에 깔리면 성님이 말리는 척 뒤집어주쇼 그 말 뱉자마자 서낭당 앞길 냅다 가로 막았단다 낭심 치기 한방에 읍내에 입원했다는 소문 동네방네 흉흉해서 그제야 난감해진 종달 씨 박카스 한 통 들고 의료원 2층 병문안 갔더니

병상에서도 벗지 않은 선글라스맨 동석 씨

먼저 내민 손바닥도 싸늘하게 뿌리치면서 점입가경, '열흘

뒤에 다시 붙자' 선전포고 날리니 빼도 박도 못한 종달 씨, 새벽마다 평행봉에 매달린 채 근육 만드는 중이다 리턴 매치 이제 닷새 남았다

―「다시 한 판 붙자」 전문

강병철은 자신의 어머니를 포함해 여성이 겪은 부당한 생의 차별과 질곡을 그려내면서도 직접적으로 인습이나 제도를 비판하지 않는다. 시적 대상을 선악으로 가르지 않으며, 누구의 편을 들지도 않는다.

재활병원에 있는 입원 중인 어머니를 찾았을 때 '흑룡강 출신'의 '간병인'이 자신을 '정년퇴임 교사'가 아니라 '농부'로 인식할 때 "가슴이 화초처럼 밝아지는" 성정 그대로 지식인연 하지도 않는다.

그러나 시 밖에서 시 안에 드러난 진실에 개입하지 않는 가치중립적인 입장을 견지하고 있음에도 시인이 어떤 인물에 더 마음이 얹히는지를 약간이나마 추정할 수 있는 여지를 주는 것은 사실이다. 다른 시도 마찬가지이지만, 표제작이기도 한 이 시에서 강병철 시의 그러한 특징을 구별해내는 일은 퍽 흥미롭다.

세 명의 등장인물은 나름의 전형성을 가지고 있다. 태생적으로 우월한 신체 조건('딱 벌어진 어깨')에, 일정한 사회적 신분('육군 중사 출신')을 보유한 '꿩잡이 동석 씨'는 자신의 캐릭터를 즐기는 자임을 '병상에서도 벗지 않는' '검은 라이방'으로 입증한다.

그는 누구에게 별 피해를 준 것도 아닌데 단지 "밸이 꼴린다"는 이유로 부지불식간에 '종달 씨'에게 '낭심'을 걸어 차이고 "읍내에 입원"을 하게 된 외지인이다.

'종달 씨'가 뒷배를 부탁한 '논두렁 주먹 선배 강씨 할아버지'는 왕년에 주먹을 휘두르던 인물인지 어떤지는 잘 드러나지 않지만, 여전히 건강하고 뚝심도 있는 현지 농부다.

'노름꾼 종달 씨'는 객기는 충만하나 힘과 뚝심은 부족하여 '박카스 한 통 들고' '병문안'을 갔다가 "열흘 뒤에 다시 붙자"는 '동석 씨'의 '선전포고'에 전전긍긍하는 인물이다.

"새벽마다 평행봉에 매달린 채 근육 만드는 중"이지만, 근육이 단기간에 생기는 게 아니므로 "닷새 남은 기간을 따지는 것"도 부질없는 노릇인 것만 같다.

이 셋 중에 누가 가장 선하고 누가 가장 악한가. 시인은 다만 관망할 뿐이다.

그러나 "리턴 매치 이제 닷새 남았다"는 '종달 씨'의 다짐을 통해 여전히 선수권을 가진 자는 '동석 씨'이고, '종달 씨' 자신은 힘과 기량이 부족한 도전자에 불과하다는 사실이 밝혀진다.

따라서 "다시 한 판 붙자"는 결기의 주체는 '동석 씨'가 아니라 '종달 씨'다. 이쯤에서 돌이켜보면 '동석 씨'는 힘이 있다고 거들먹거리는 자를, '종달 씨'는 그에 저항하는 자를, '강씨 할아버지는' 저항에 동참하는 자를 가리키는 듯하다.

시인도 "새벽마다 평행봉에 매달리는" '종달 씨'에 무언의 응원을 보탠 것은 아닐까.

'검은 라이방'이 묘하게 옛 독재자와 겹쳐지면서 새로운 시 읽기가 시작되는 지점도 이 시의 미덕 중 하나다.

3.

사랑방 마루에 붙은 후보 사진은 일곱 장이지만 2번 윤보선과
5번 박정희가 맞상대라고 물꼬 트던 아재비가 가르쳐 주더니
누가 될 것 같으니? 빙철아
(중략)
찔레꽃 여린 순으로 공복 채워도 여전히 심심해지자 마루에
깡충깡충 뛰어올라 당선될 후보 입술 찢거나 나머지 후보의 눈
동자 못으로 콕콕 쑤시다가 키득키득 구슬치기에 빠져 있다
— 「대통령 후보 벽보가」 부분

시인의 역사의식(「저무는 우금치에 서서」·「다시 살아나는
우금티」)이나 가난하고 힘없는 청춘들에 대한 연민(「이별의
청량리 역」·「라떼는 말이야」), 그리고 전교조에 참여해 "민주
주의와 참교육, 통일과 사랑"(「동지여, 설국의 새해에」) 등을
실천하던 생의 처음은 어린 강병철로부터다.
1963년도의 대통령선거를 시대적 배경으로 삼은 이 시에
서 정치에 무관심한 철부지가 "당선될 후보 입술 찢거나 나
머지 후보의 눈동자 못으로 콕콕 쑤시다가 키득키득 구슬
치기에 빠질" 때, 이 시의 표면과 이면을 동시에 상상하면

서 우리 역시 어린 화자의 곁에 머물게 된다.

벽보는 훼손되었고, 대통령 후보자들의 권위도 모욕당한 현장을 보면서 생각하게 되는 것은 어쩌면 강병철은 가치중립적으로 시 안에 개입하지 않는 게 아니라 해학과 능청으로 개입하지 않는 척하는 것인지도 모르겠다는 점이다. 또 하나의 정치의식을 담은 시를 보자.

학도병 신체검사 마치고 귀갓길 서두르는 소도시 차부 입구에서 웬 게다짝 사내 멱살 잡더니 지프차 가리키는데, 칼 찬 헌병 둘이 호시탐탐 노려보니 차마 반항을 못 했어 창씨개명 1호 조선인 순사인데

그르그르륵 철제문 소리

취조실 시멘트 냄새부터 소름끼쳤어 참나무 몽둥이에 바싹 얼었는데, 비명소리 끌고 그놈이 나타난 거야 훈도시 펄럭일 때마다 기저귀 허옇게 드러나는 야만의 그 패션으로 패기 시작하는데 악마, 악마였어 처음에는 찢어지게 아프다가 나중에는 감각조차 사라졌어

빠가야로 새끼, 대일본제국 전투기가 격렬비열도로 떨어지니 종이비행기라고 조롱했잖아 그 허위사실 유포가 나라를 어지럽히는 국기 혼란이고 적군을 돕는 이적행위야 그 격렬하게 비열한 매질 영원히 잊지 않겠다며 빠득빠득 어금니 깨물었는데

고문 기술자 야스다

　　해방 다음날 조선식으로 개명하자마자 이웃 읍내 관료로 채
용되었다가 몇 년 후에 면장 자리도 따먹더니 군청 고위직 자
리로 옮겼어 어느 여름, 광복절 기념식장에서 소도시 독립 유
공자들 호명하더니 가슴에 훈장도 하나씩 달아주더라

─「야스다의 훈장」 전문

　일제강점기에 '학도병'에 소집되었던 사람이 시적 화자인
이 시는 우리의 정치사가 광복 이후에도 여전히 난맥상을
가지게 된 원인에 대해 이야기한다.

　우리에게 '비열한 매질'을 멈추지 않고 있는 친일 행위자
가 한편에선 "광복절 기념식장에서 소도시 독립 유공자들"
에게 "가슴에 훈장도 하나씩 달아주는" 이 아이러니한 상
황은 아직도 수많은 '야스다'가 살아 있고, 그 후손들이 시
퍼렇게 승승장구하고 있는 현실을 다시금 일깨워준다.

　시의 밖에서 강병철은 침묵으로 선동하고, 우리는 주먹
을 움켜쥔다.

　　4.

　그럼에도 불구하고 시인의 가장 강력한 무기는 여전히
서정이다. 봄에 미어져 나오는 새순처럼 막을 수 없고, 숨
길 수도 없다.

　다만, 그의 시는 어느 것도 대상의 이미지 재현이 아니라

이야기 전개에 초점이 맞춰진다. '윤기윤'이나 '기름기' '기중기' '기러기'와 같이 '거꾸로 불러도' 똑같은 언어를 유희하면서 다양하고 코믹한 아이들 주변의 삶을 랩(rap)처럼 풀어내는가 하면(「얼레리꼴레리」), 아이들이 서로 감당할 수 없는 무게의 제안을 주고받다가 '아무 일도 없었던' 상태로 돌아와 안도하는 상황이며(「뛸 거여 말 거여」), 사라진 암탉이 어느 날 '가문비나무 수풀'에서 부화한 '병아리 떼 열 마리'를 데리고 나타나는 장면(「병아리 떼 뽕뽕뽕」) 등은 서정과 서사가 어우러져, (상투적이지만) 한 장의 그림 같다. 이어서 다음의 그림을 보라.

자갈밭 두근두근 박동으로
갈잎 저무는 소리
우당탕탕 빛의 속도로
세월 가는 소리
억새꽃 뿌리털 내리며
빠드득빠드득 어금니 가는 소리
이제는 울지 않아요 어머니
검버섯 노모 다독다독 재울 때마다
돌 지난 아이처럼
쿵, 쿵, 쿵 방싯대는 소리

—「소리 넷」 부분

소리의 이미지화를 보여주는 이 시는 그 충격적 여운이

좀 길게 간다. '갈잎 저무는 소리'와 '세월 가는 소리', '어금니 가는 소리'의 주체가 '돌 지난 아이처럼' '방싯대는 소리'의 주체와 동격화되면서 시에 일대 반전을 일으킨 것이다.

"이제는 울지 않아요 어머니"라는 말은 앞으로 울지 않겠다는 다짐이 아니라 그동안 얼마나 울었는지에 대한 고백이다. 치매에 걸려 '돌 지난 아이처럼' 변한 '어머니'가 '방싯대는 소리'는 '쿵, 쿵, 쿵'이라는 무거운 걸음걸이에 걸린 줄도 몰라 넘어지지도 않을 것이다.

> 여보, 춥지, 우리 괜찮게 살았지
> 골목길 언 땅 찾아 촘촘히 쥐불 지피던
> 혼신으로 밥그릇 챙기다가도 아낌없이 양보하던
> 우리 꼰대들 모두 열심히 씨앗 뿌린 게 제발 맞지
>
> ─「라떼는 말이야」 부분

알다시피 소위 '꼰대'라고 불리는 기성세대가 '나 때는 말이야'로 운을 뗀 후 이어지는 지루한 과거 회상을 희화화한 조어가 '라떼는 말이야'이다.

이 시 역시 우리가 예전에 얼마나 못살았고, 얼마나 낭만적이었으며, 얼마나 젊었는지에 대한 회상이 이어지지만, 마지막 행에서 등장한 '제발'이란 부사가 시의 판도를 뒤집어버린다.

가느다란 줄에 목숨을 맡기고 매달리듯, '제발 맞지'의 처절함이 시 전체의 이야기들을 진실의 영역으로 끌어들이기

때문이다. 독자를 '한 방에 훅 가게' 만들 수 있는 서정의 예시가 아닐 수 없다.

정서의 울림으로부터 서정이 온다고 했을 때, 한편 정년퇴직이라는 격정과 절망의 파도는 정서도 서정도 거칠게 휩쓸어버릴 수 있다. 이제 한 생이 저물었다는 것인가.

퇴직 이후 '보름'을 내리 술을 마시면서 '몇 차례'의 '해장술'까지 마다하지 않은 어느 날, 교사 초년 시절의 "담임 반 제자"들과 만났다 헤어진 이튿날의 결말이 다음 시의 정황이다.

> 이제부터 시작이다 손바닥 비비니
>
> 아, 화사하다 춘삼월 바깥세상이여
>
> 투시담 너머 냉이꽃 봉오리까지
>
> ― 「나싱개」 부분

물론 이 이후에도 '정년퇴임 800일'(「초로를 위로하며」), '정년퇴임 4년차'(「코로나 입춘」)를 헤아려보는 '등허리 굽은 사내'(「마량포구에서」)의 자기 점검은 계속되지만, "이제부터 시작이다"를 다질 수 있었던 것은 제자들을 키워낸 보람, 그리고 자신의 생이 무위한 것이 아니었다는 확신을 얻은 결과일 수 있다.

그러나 시인이 입 밖으로 내지는 않았지만, 자신의 한 생을 '나는 나싱개(냉이꽃)처럼 살았군요'라는 한 줄의 눈부신 요약으로 시에 내포시켰다는 점에서 강병철식 서정의 일단을 보여주었다고 하겠다.

> 날이 밝자마자 엄니의 노여운 울음소리 까맣게 사라지고 밤
> 바다 안개 싸한 그리움에만 사무치는 것이다. 다시 찬스만 생
> 기면 형님들 따라 정강이 아래 물살로 비늘 치는 숭어 새끼들
> 만나고 싶다 야단맞는 건 나중 얘기이다
>
> ─「해루질」부분

이 시는 시인이 동네 '종벅이 성님'을 따라 밤의 '해루질'
에 나선 다음 날 아침의 독백이다. 아홉 살의 「해루질」에서
이 '다시'는 「나싱개」에서 정년퇴임 후의 '다시'가 되고 「다
시 금강에서」의 '다시'로 반복되어 나타난다. 이제 그는 서
정과 '다시' 한판 붙고 싶은 것이 아닐까.